來裕恂 著

**圖書在版编目(CIP)數據**

蕭山來氏中國文學史稿/來裕恂著．—長沙：岳麓書社，2008．8（2024．9重印）

ISBN 978－7－80665－118－6

Ⅰ．蕭... Ⅱ．①來... Ⅲ．文學史—中國 Ⅳ．I209

中國版本圖書館CIP數據核字(2008)第111954號

# 蕭山來氏中國文學史稿

主　　編：來裕恂

責任編輯：曾主陶

封面設計：莫　彦

岳麓書社出版發行

地址：湖南省長沙市愛民路47號

電話：0731—8885616(郵購)

郵編：410006

網址：www.yueluhistory.com

2008年8月第1版　2024年9月第2次印刷

開本：890×1240　1/32

印張：8

字數：130千字

ISBN 978－7－80665－118－6/I・816

定價：75.00圓

承印：唐山楠萍印務有限公司

如有印裝質量問題，請與本社印務部聯繫

電話：0731—8884129

神農之文學

中国古哲実業知識者，首推神農。上古科学未明，惟以農業為急務。神農知治国莫要于重農，所謂国以民為本，民以食為天也。其播種樹藝之法，尚有專書，惜不傳耳。本草傳自神農，則嘗藥所以與其關于植物者固不乏究心，不独医学一端，有禪民生疾苦已。又許行生戰国時，倡農學，乃為神農之言，以干滕文，未必如戰国良農其說之不可行者，在賢者與民並耕而食一語，至于重農，則不讓農時，不奪民時，深耕易耨，易其田疇，亦以富民為本也。後世農家，托指神農遺教於言，或有得其一二而未可知。国策及雅之釋草，亦多無遺，試之豳風、大戴記之夏小正、小戴記之月令、管子之牧民篇、呂氏春秋之任地篇，何莫非神農遺意，以神農野老之書，雖難徵信，而其學說，實要中国四千年來未之或絶也。況連山出于神農，又必為其學術精義之所存，易大傳述民耒耜一節，其政教得可想見也。以後世所出之書考之，六韜載其集文曰，春夏之所生，不傷

原稿書影之一

而說法法者、吏所以治民其文學詳於商君書、言王者刑九賞一、謂禮樂詩書修善孝弟誠信貞廉仁義非兵羞戰國有十二者、必貧至削、彼不計勢之必窮而狃於說之易售、觀其治秦可以知法家之流弊矣、又有韓非者、喜刑名之學嘗曰商鞅為法而無術申子有術而無法法者吏之所師也術者主之所執也、此不可一無、皆帝王之具也非之學得於老子、假其虛靜之說以神法術之用蔑仁義厲刑名、與李斯俱事荀卿斯自以為不如非見韓之削弱、數以書干韓王、韓王不用、於是韓非作孤憤五蠹內外儲說難五十五篇

名家者流蓋出於禮官、古者名位不同、禮亦異數、孔子曰必也正



原稿書影之二

# 目録[一]



[一] 此目録之章節標目以原稿本正文標目為準，與原稿本每卷前目録之標目略有出入。具體歧異見每卷前目録及相關正文處注釋。
[二] 編：改為『篇』。

---

[一] 起源：原稿本正文作『緣起』。
[二] 修訂本在第二章之後，插入第三章《伏羲之文學》和第四章《神農之文學》。具體内容見整理本附錄。
[三] 修訂本改此章為『第五章』。學術：改作『文學』。
[四] 修訂本删去此章。
[五] 修訂本改此章為『第六章』。學術：改作『文學』。以下『第六章』改為『第七章』，『第七章』改為『第八章』，直到最後『第十二章』改為『第十三章』。
[六] 禹之學術：改為『夏代文學』。
[七] 殷之學術：原稿本正文作『殷之文學』。修訂本改為『殷代文學』。

---

[一]周代學術：原稿本正文與修訂本均作『周代文學』。
[二]文章：改為『文學』。
[三]學術：改為『文學』。
[四]舊說破而新說興：改為『舊文學破而新文學興』。
[五]編：改為『篇』。
[六]時代：後增『之文學』。
[七]道：改為『文學』。

[一] 道：改為「文學」。
[二] 道：改為「文學」。
[三] 三家：改為「老孔墨三家」。
[四] 文章：改為「文學」。
[五] 儒學：改為「儒家文學」。

[一] 坑儒：後增「廢古代文學」。
[二] 編：改為「篇」。
[三] 儒學：改為「儒家文學」。
[四] 著作：改為「文學家」。

[一] 編：改為「篇」。

[一] 編：改為「篇」。
[二] 編：改為「篇」。
[三] 宋朝：改為「宋代」。

[一] 宋代：改為『宋儒』。
[二] 編：改為『篇』。

---

[一] 編：改為『篇』。
[二] 明代學派：原稿本正文作『明代道學派』。

## 第九編[一] 國朝[二]之文學



[一] 編：改為『篇』。
[二] 國朝：修訂本改為『清代』。

［一］國朝：改為「清代」。

# 前言

王振良

蕭山來裕恂撰於清末的《中國文學史稿》手稿，歷經百年風雨，即將由岳麓書社正式出版。可以預期，這部文學史著的問世，對中國文學史學史的研究，將起到積極的推動作用。

「中國文學史」的撰寫至今已走過百餘年歷程，問世的各種體式文學史著作已超過兩千部。以這些文學史作為研究對象的「中國文學史學史」，近些年來也開始進入研究者的視野，「中國文學史」撰寫的發軔期——晚清時代的文學史著，尤其受到學人關注。

## 《中國文學史稿》的發現及作者生平

二〇〇二年六月八日，著名史學家、南開大學來新夏教授學術研討會在天津舉行。會後筆者收到來先生惠贈的《來新夏教授學術研討會紀念論文集》，書中談到先生的祖父來裕恂時，說他早年曾有《中國文學史稿》之撰述。當時，筆者正熱衷於搜集各種版本的《中國文學史稿》，遂抱着一線希望，給來新夏先生打電話。來先生將我約到他南開大學北村寓所，指點我在書架高處尋找。筆者很快翻出一個大檔案袋，裏面裝的就是來裕恂《中國文學史稿》稿本複印件。

來裕恂，字雨生，號匏園。清同治十二年（一八七三）生於浙江省蕭山縣長河鎮（今杭州市濱江區長河街道）。少攻經史諸子，年十八肄業於杭州西湖詁經精舍，為俞曲園先生弟子，曾被俞許為『頗通許鄭之學』。光緒十八年（一八九二）二十歲時即設帳授徒，二十七年（一九〇一）受聘求是書院（浙江大學前身）教職，二十九年（一九〇三）東渡扶桑求學，次年返回故里，因受知於蔡元培而加入光復會。民國初，任蕭山縣教育科長；十六年（一九二七）任紹興知縣，以不善逢迎，半年即憤而辭官；二十三年（一九三四），受聘上海大同大學，專門教授國學。一九四九年後，被聘為浙江省文史研究館館員，並任蕭山縣政協常委，一九六二年無疾而終，時年剛好九十歲。來裕恂一生治學勤謹，著述閎富，可惜多半散佚。其著作先後刊印行世者僅有《漢文典》（一九〇六）、《匏園詩集》（一九三六）、《匏園詩集續編》（二〇〇七）、《杭州玉皇山志》（一九八五）、《蕭山縣志稿》（一九九一）等數種。

**《中國文學史稿》的基本情況**　來裕恂《中國文學史稿》稿本原藏於廣東省中山圖書館，現存佚情況不明。據來新夏先生介紹，他手頭的影本是中山圖書館工作人員所贈，上面尚可清晰看到『廣東省中山圖書館圖書』戳記。稿本上另有『杭州舊書店·古籍書店』章以及冊數、售價等，因此這部稿本應該是作者去世後流入書肆，又輾轉入藏中山圖書館的。《中國文學史稿》原清稿本以工楷抄寫，凡三冊，每冊一卷：序號編寫上卷（含《緒言》）至六一頁，中卷至六〇頁，下卷至四九頁。其中上卷無第十頁，當係作者後來修訂時抽去；中卷無第五二頁，屬謄抄時編號疏漏。因此，原清稿本實際為一六九頁，現存一六八頁。稿每半頁一〇行，行二五字，全書總計約八萬字。《中國文學史稿》雖然是抄定的清稿，但章節的字數多寡、內容詳略很不平衡，明顯前重後輕。如書中談到古詩《孔雀東南飛》、曹丕《典論・論文》、陸機《文賦》以及陶淵明《飲酒》、《歸園田居》時，不厭其繁地全文引述；可寫到南北朝及以後文學時，即使一首很短的詩也略而不錄，以至後來作者在清稿本上進行修訂時標有大量『注入』字樣。因此，該書雖是一部首尾完整的著述，但最後成書卻顯出了倉促。

關於《中國文學史稿》的撰寫時間，現將我們的考察分析論列如下。從作者另一著作——編年的《匏園詩集》可知：來裕恂光緒三十年（一九〇四）端午後不久從日本歸國，暑著《漢文典》成；光緒三十一年（一九〇五）春，受聘海寧中學堂任教職；宣統元年（一九〇九）五六月間，著《春秋通義》成；宣統二年（一九一〇）夏，著《中國通史》成。《匏園詩集》卷一七有《暑日，予著〈文學史〉，內子嘗伴予至夜分，或達旦》（卷前目錄作《著文學史》）詩一首，該卷編年為『乙巳』，由此可知光緒三十一年夏天，《中國文學史稿》的寫作已經開始。另《中國文學史稿》作者《緒言》後署『宣統元年二月蕭山來裕恂敘於海寧中學堂』，因此該書著於光緒三十一年至宣統元年間無疑。從前列作者學術活動簡表可以看出，此前或此後的時間，作者都在忙於其他著述，不大可能分心撰《中國文學史稿》。撰寫文學史的這段時間，作者正執教海寧中學堂，根據當時教育部規定，中學堂普遍開設文學史課程，因此來裕恂之《中國文學史稿》，很可能是授課講義。另外從《中國文學史稿》倉促成書來看，其極有可能一九〇五年就已全部脫稿，以膺教學任務之完成。另外，作者同一時期撰寫的其他幾部著作，速度也是每年一部。

**《中國文學史稿》的主要內容** 前面提到，作者曾在《中國文學史稿》清稿本上進行了大量修訂。修訂本中，原來以『國朝』命名的章節都改成了『清朝』，這種改動顯然是民元以後進行的。因此，無論是研究清末學者的文學史觀，還是定位這部《中國文學史稿》的學術史意義，都以原稿本更具參考價值。故我們在整理本書過程中，以及下面將進行的有關探討，均以原稿本為據。

《中國文學史稿》凡三卷九編，總計八十四章。九編的內容分別是中國文學之起源、諸子時代、漢代之文學、漢以後之文學、唐代之文學、宋代之文學、宋以後之文學、明代之文學、國朝之文學。作者受中國傳統文化浸淫甚深，同時又大量接受新學，這雙重影響使作者眼界開闊的同時，也導致了文學觀念的混亂與複雜。在這種觀念指導下撰著的《中國文學史稿》，也顯示了內容的駁雜和泛化。僅從各章的標目上我們就可看出，舉凡傳統的小學、經學、子學、玄學、理學、心學以及釋道，甚至天文、輿地、醫學、算學等，均納入了來氏的文學史論述範疇。因此把這部『文學史』視作『學術史』，也許更名副其實。

《中國文學史稿》在具體撰述過程中，主要是以《文選》、《古文苑》、《唐文粹》、《宋文鑒》、《古詩源》等所收作品為論述對象，同時大量參照《詩品》、《文心雕龍》、《宋元學案》、《明儒學案》、《四庫全書總目提要》等書的論述，對有關作家、作品進行評價，再加入來氏本人治學心得。《文心雕龍》、《宋元學案》、《明儒學案》、《四庫全書總目提要》等，是中國古代為數不多的最具『文學史』、『學術史』品格的著述，來氏《中國文學史稿》選擇這幾部書作為撰述的主要依託，反映了其文學史家的敏銳眼光。

**《中國文學史稿》作者的文學史觀**　來裕恂在《中國文學史稿·緒言》中指出，『遠而希臘，近而歐美』，均『擷文學之精義，煥政治之明光』，因此『欲煥我國華，保我國粹，是在文學』，『蓋文學者，國民特性之所在，而一國之政教風俗，胥視之為盛衰消長者也』。認為文學可以轉移政治風氣，關乎世道人心，並把文學與『國民性』等緊密聯繫起來，體現了晚清以來以梁啟超為代表的資產階級維新派文學思想的影響。

與梁啟超把小說在社會上的地位推到極致相關，來裕恂對小說也給予了一定重視。雖然《中國文學史稿》中全部關於小說的論述還不足千字，與小說在中國文學史上的地位極不相稱，但目前我們已知國人撰於清末的六部『文學史』（具體見後述）中，也只有黃人與來裕恂對傳統小說給予了不同程度的關注。因此這不足千字的篇幅，在當時背景下已屬難能可貴了。撰寫《中國文學史稿》之前，來裕恂著有一部《漢文典》，在這部著作中作者就已經表現出了重視小說的傾向。《漢文典》論述文體時，專門有『小說』一類，來氏在這裏簡要勾勒了中國小說的發展輪廓，但是他認為『章回、雜劇終為儒者所鄙』，又稱『小說之文』，『自居爨販卒，娃嫗童稚，上至大人先生，文人學士，無不為之歆動。其感人之深，有如此者，蓋別具一種筆墨者』。這些，也都體現了作者文學思想的矛盾。

來裕恂在其《漢文典》中還提出：『文章與時勢有相關之理。』這表明他特別重視文學與時代背景。因此在《中國文學史稿》中，作者常常不厭其繁地大篇幅敍述一個時代的思想和學術歷史，雖然不免喧賓奪主，但時常也能引發出一些精闢觀點和結論，如發現漢代讖緯與文學的密切關係，稱『唐代佛學亦為中國文學史上之一大事業』等，這些至今對文學研究仍有啟發意義。

**來裕恂《中國文學史稿》的意義** 最早的『中國文學史』的撰寫是從西方開始的，這實在令國人汗顔，然而事實就是事實。早在一八五四年，德國人碩特就發表了《中國文學述稿》，雖然它更像一篇學術論文，但這仍是世界上最早的具有現代『中國文學史』品格的著作。一八八〇年，俄國人瓦西裹耶夫完成了第一部正式的《中國文學史稿》。此後直到一九一一年清王朝結束，世界範圍内『中國文學史』的撰寫一部接着一部，主要有：日本末松謙澄《中國古文學略史》（一八八二）、日下寬《中國文學》（一八九〇）、藤田豐八《中國文學史稿》（一八九五）、古城貞吉《中國文學史稿》（一八九七）、笹川臨風《中國文學史稿》（一八九八）、兒島獻吉郎《中國大文學史》（一八九九）、中根淑《中國文學史要》（一九〇〇）以及英國查理斯《中國文學史稿》（一九〇一）、德國顧路柏《中國文學史稿》（一九〇二）、日本久保天隨《中國文學史稿》（一九〇三）等。

就在日本人不斷撰寫『中國文學史』的同時，國人受其影響也開始了中國文學史著述，並在二十世紀頭十年的中期，形成『中國文學史』撰寫出版的第一個高潮。根據有關資料，光緒二十三年（一八九七）竇警凡脱稿《歷朝文學史》，這是目前已知最早的中國人撰述的『中國文學史』。該書光緒三十二年（一九〇六）作為南洋師範課本鉛印出版。光緒三十年（一九〇四）六月，林傳甲《中國文學史稿》出版。幾乎與林、王二人同時，黄人也開始了《中國文學史稿》寫作，並於光緒三十一年（一九〇五）前後印行。宣統元年（一九〇九），張德瀛《中國文學史稿》出版。一九一一年清王朝結束前，許指嚴也在商務印書館出版了其編寫的《中國文學史稿》。這些就是目前我們所能知見的早期文學史。

我們再回過頭來看，來裕恂光緒三十一年始撰的《中國文學史稿》，正是『中國文學史』撰寫出版第一個高潮的產物。因此，來氏文學史的價值，主要並不在於其史識的高下，而在於它已經與其他幾部文學史一起，成為早期『中國文學史』撰寫的一個標本。以今天的眼光來看，這些『文學史』都是不成熟的，體現出了共同的幼稚以及複雜乃至混亂的文學觀念。然而不容忽視的是，這些早期的『中國文學史』已經顯示出了中國學術研究從傳統向現代轉化的端倪，只有解剖這些標本，才能更科學地把握早期『中國文學史』的總體風貌，才能更加清楚地認識中國學術研究從傳統嚮現代轉化所走過的艱辛道路。

不管怎麼說，來裕恂《中國文學史稿》能够以稿本形式歷經百年曲折保存至今並得以問世，這本身就是值得學人慶幸的。

# 整理凡例

本書整理時，力求最大限度保存原稿本初始面貌，為學者研究二十世紀初起步階段的中國文學史撰寫情況提供一個足供解剖的標本。具體情況說明如下：

一、整理本以原稿本為底本，著者之修訂以出注形式保留內容，以見其文學思想之變化。

二、原稿本段落長短不一且差別巨大，整理本不作合並或拆分，包括著者引用的長篇作品。原稿之雙行小注改入正文，用圓括號標志。

三、原稿本著述體例前後不一，如引用作家作品，有時以雙行小注形式注在篇目之下，有時另起段落隨文引用，整理本不作統一。

四、作者書寫習慣不十分穩定，一字前後多有異寫，整理本不按現今規範字形統一。當時民間已通行之簡化字和避諱字等，亦均保留原貌。

五、引用作家作品，內容與今之通行本多有歧異，全部保留引文原貌，不作更動。但少量極為明顯的錯字，酌予改正並注出。

六、原稿本有少量明顯錯字、漏字、衍字。修訂本改正的，據修訂本改正；修訂本未改正的，據通行本改正；屬常識性者則徑改。凡改正處均注出。注出之文，為節省文字，徑注『改為』、『前增』、『後增』等字樣，一般省略『修訂本』主語；少數可能出現歧義之處，酌情保留『修訂本』字樣。

七、原稿本中有少數幾處文字，因著者修訂時勾畫，整理時無法識別，視具體情況以『□』標示，或據修訂本補入，同時加注說明。原稿本中還有少量空格，屬漏字者以『□』標示並注出，屬避諱者徑直取消。

八、修訂本對原稿本做了人量修改。屬修正文字錯誤者按凡例五處理；屬觀點修正或有重要補充者，酌加注釋並說明。修訂本對原稿本刪除文字，以『〔〕』標之。

九、原稿本第四章『五帝三代之文學及沿革』，在修訂本中被增改為第三章『伏羲之文學』和第四章『神農之文學』。整理本將修訂本中的這兩章，作為附錄置於整理本最後。

十、原稿本業經點斷，整理時據文意略有變通，未全依從。所用標點符號力求簡明，只使用頓號、逗號、分號、冒號、句號和間隔號、引號、書名號等幾種。原稿本有一處闕頁，使用省略號。

# 折戟沉沙鐵未銷

——新刊來裕恂撰《中國文學史稿》序

陳平原

在中國，兼及學堂科目、著述體例、知識系統的『文學史』，肇始於一九〇三年——這一點，因有一九〇三年頒布的《奏定大學堂章程》為證，一般不會有什麼異議。此前，中國人講的是『文章流別』，此後，則積極投身『文學史』事業。一百年間，國人兢兢業業，多有撰述，如何評價，見仁見智。在我看來，一九二〇年以前國人所撰『文學史』，今天仍值得與其認真對話的，大概只有王國維（一八七七—一九二七）的《宋元戲曲考》、劉師培（一八八四—一九二〇）的《中國中古文學史》以及謝無量（一八八四—一九六四）的《中國婦女文學史》了。但如果換一個角度，着眼於『學術史』，則又是一番風景。這也是我熱心談論京師大學堂——北京大學教師林傳甲（一八七七—一九二二）、朱希祖（一八七九—一九四四）、吳梅（一八八四—一九三九），以及東吳大學教習黄摩西（一八六六—一九一三）等人著述的緣故[一]。這些撰寫並刊行於清末民初的『文學史』，作為曾被正式使用的大學教材，讓我們得以進入並深入探究那個時代大學校園裏的『文學教育』。

約略與此同時，任教浙江海寧中學堂的浙江蕭山人來裕恂（字雨生，號匏園，一八七三—一九六二），也開始了編纂文學史的工作。清末民初，不僅大學堂，中學堂也可開設文學史課程。一九〇三年的《奏定中學堂章程》規定：『中國文學』課程除講授文義、文法和作文外，『次講中國古今文章流別、文風盛衰之要略，及文章於政事身世關係處』[二]。既然同期頒布的《奏定大學堂章程》，已在『歷代文章流別』後面加一括弧，注明『日本有《中國文學史》，可仿其意自行編纂講授』[三]，中學堂裏的『中國文學』課，自然也可講成『文學史』。進入民國，這一趨勢更加明顯。一九一二年十二月，教育部公佈《中學校令施行規則》第一章『學科及程度』規定：『國文首宜授以近世文，漸及於近古文，並文字源流、文法要略，及文學史之大概』；一九一三年三月，教育部公佈中學校課程標準，國文一科第四學年的教學內容包括：『講讀、

[一] 參見拙編《早期北大文學史講義三種》（北京大學出版社，二〇〇五）以及《近代中國的百科辭書》（北京大學出版社，二〇〇七）之《晚清辭書與教科書視野中的『文學』——以黄人的編纂活動為中心》等。

[二] 參見舒新城編《中國近代教育史資料》中冊五〇八—五〇九頁，人民教育出版社，一九六一年。

[三] 《奏定大學堂章程》，參見舒新城編《中國近代教育史資料》中冊五九六頁。

作文、文法要略、中國文學史」[一]。因應這一潮流，商務印書館積極行動起來，一九一四年刊行為中學國文科編纂的《中國文學史》（王夢曾），一九一五年出版列為『師範學校新教科書』的《中國文學史》（張之純）。至於晚清，則未見同類著述。在這一意義上，眼下這部『新刊舊書』《中國文學史稿》[二]，倒是提供了不可多得的樣本。

近乎『出土文物』的《中國文學史稿》，是來裕恂撰於清末民初的中學教材。作者一九〇四年自日本歸國，第二年起任教海寧中學堂，因課程需要，開始編撰講義。目前仍保存完好的稿本，前有《緒言》，署『宣統元年二月蕭山來裕恂敘於海寧州中學堂』。書稿多有塗改處，其中『國朝』一律改為『清代』，當係民初所為。這些刪改無傷大雅，全書的基本格局，仍屬於晚清——具體說來，就是一九〇九年的謄正本。而此前三年（光緒三十二年），作者在商務印書館刊行了其生前唯一公開出版的著作《漢文典》。二書面貌迥異，但學術思路多有重疊處，將其對照閱讀，大有可觀。

既然是為中學堂編寫的『文學史』，必定不同於學者的專門著述，不可能特立獨行，也不

[一] 參見舒新城編《中國近代教育史資料》中冊五二七頁、五三五頁。

[二] 來裕恂諸多著述，除《漢文典》外，大都是稿本。最近十年，由於長孫來新夏的積極推動，原先只有家印本（一九二四）的《匏園詩集》，一九九六年由天津古籍出版社刊行；《蕭山縣志稿》一九九一年由天津古籍出版社刊行；《杭州玉皇山志》有杭州圖書館石印本（一九八五）、《中國文學史》有杭州市蕭山區地方志辦公室影印本（二〇〇五）。

允許艱深晦澀，而只能是『兼收並蓄』——說白點，就是更多地借鑒學界已有的研究成果。如此說來，與其從『學術性』角度，對其高標準、嚴要求，倒不如承認，此乃『通俗讀物』，更多地體現一時代的學術風貌。於此入手，實可觸摸那個時代讀書人對於『文學史』的想象。

早期的文學史著述，有若干共同點，如厚古薄今、粗枝大葉、敍述多而分析少，『文學史』而兼『詩文選本』（如來著講漢代韻文時抄錄《古詩十九首》，講漢魏文章時夾入曹操《短歌行》、曹植《洛神賦》、王粲《登樓賦》）等，那既體現了當年學界的水準，也是為了適合教學需要。比起大學堂來，中學堂裏講述的文學史，無疑更為簡略。但所有這些，都不是『問題』；需要深入探究的，是作為晚清學人，來裕恂先生的學術立場以及編纂策略。

談論來裕恂的學思歷程，最好拉上近代中國著名學者、鬥士兼思想家章太炎（一八六九—一九三六）。在《〈漢文典注釋〉說明》中，來新夏提及《匏園詩集》卷一五之《為蘇報案章炳麟、鄒容下獄，乃醵以周之，延徐紫峰為被告律師翻譯，赴會審公堂旁聽，歸而放歌》，目的是强調其先祖『同情革命』。其實，更值得關注的，是來裕恂與章太炎的『同門之誼』。

同入杭州詁經精舍，比章太炎小五歲的來裕恂，竟『捷足先登』俞樾門牆。若來新夏先生的記述無誤，則章、來二君應有兩年同窗的經歷。所謂『少攻經史諸子，年十八，肄業於杭州西湖詁經精舍』，加上『光緒十八年，先祖方二十歲，就一面於杭州崇文、紫陽二書院以窗課博膏火資，一面還設帳授徒為稻粱之謀」[一]，意味着來裕恂確曾與章太炎同學。讀《太炎先生自定年譜》、《謝本師》等，我們確知，章太炎是在光緒十六年（一八九〇）開始「肄業詁經精舍」、「事德清俞先生，言稽古之學」的[二]。至於日後二人都曾游學日本，則是擦肩而過。光緒二十九年（一九〇三），來裕恂「因受新思潮影響，乃典衣舉債，東渡扶桑，入弘文書院師範科，並考察日本各類學校的教育情況。次年應聘主横濱中華學校教務。同年歸里」[三]。而此時，太炎先生正因《蘇報》案身陷囹圄。等到一九〇六年章氏出獄，前往東京，「提獎光復，未嘗廢學」[四]，來氏則已在海寧州中學堂任教。如此說來，二人雖係同門，很可能並沒有多少深入的交往。

或許，深刻影響來裕恂學術思想形成的，反而是一九〇四年之應聘主持横濱中華學校教務。所謂「宗國沉淪痛已深，僑民幸尚仰儒林；四千里外逢青眼，海上成連且學琴」（《郭外峰邀任

[一] 參見來新夏《〈漢文典注釋〉說明》，載來裕恂著，高維國、張格注釋《漢文典》，天津：南開大學出版社，一九九三年。

[二] 參見《太炎先生自定年譜》四頁，香港：龍門書店，一九六五年；《謝本師》，《民報》第九號，一九〇六年十一月十五日。

[三] 參見來新夏《〈漢文典注釋〉說明》。

[四] 參見《太炎先生自定年譜》一四頁。

橫濱中華學堂教務》)，此舉不僅讓『具熱心』的作者得以『貢微塵』[一]，更重要的是，也使其更多瞭解了梁啟超的著述。在海外，日本橫濱的華僑教育發達甚早，先有大同學校，一九〇一年後復有中華學校、華僑學校、志成中學；一九二三年東京大地震後，數校合而為一，延續至今，便成了『百年老校』橫濱中華學院[二]。同是華僑教育，來裕恂主持教務的中華學校與梁啟超積極參與的大同學校，並非楚河漢界，不可能老死不相往來；更何況，梁在橫濱主辦的《新民叢報》、《新小說》等，乃當年國人接受西學的重要途徑。仔細辨析，來裕恂所撰《漢文典》及《中國文學史稿》中，也隱約可見梁啟超的聲影。

從一九〇五年的《〈國粹學報〉序》（黃節）、《古學復興論》（鄧實），到一九〇六年的《東京留學生歡迎會演說辭》（章太炎），日後被命名為『國粹學派』的晚清諸學人，既有『同人痛國之不立，而學之日亡也』的現實刺激，又有通過復興周秦學派來『揚祖國之耿光』的意圖，更有將語言文字作為文明復興根基的願望：『若是提倡小學，能夠達到文學復古的時候，這愛國保種的力量，不由你不偉大的。』[三]由『文字』而『文章』而『文學』而『文明』，如此救

[一]《橫濱中華學院百周年院慶紀念特刊》（橫濱中華學院，二〇〇〇）所收《來新夏來函》，附有『前橫濱中華學堂教務主任來裕恂』詩十二首（二〇七—二〇八頁），包括上引之《郭外峰邀任橫濱中華學堂教務》。

[二] 參見杜國輝《創立百周年紀念特刊發刊詞》及《橫濱中華學院沿革表》，見《橫濱中華學院百周年院慶紀念特刊》一〇頁、六三頁，橫濱中華學院，二〇〇〇年。

[三] 參見黃節《〈國粹學報〉序》，《國粹學報》一期，一九〇五年二月。

國途徑，在來裕恂那裏，得到很好的呼應。最明顯的，莫過於《漢文典》卷首的這段話：

爰不揣檮昧，以泰東西各國文典之體，詳舉中國四千年來之文字，强而正之，縷而晰之，示國民以程途，使通國無不識字之人，無不讀書之人。由此以保存國粹，倘亦古人之所不予棄也。[一]

為了論證『有文斯有國，有國斯有文』的道理，在《漢文典》第四卷『文論』中，有如下一段妙語：

地球各國學校，皆列國文一科。始也，藉以啟蒙普通知識，繼則進而為專門之學，果何為鄭重若斯哉？以文之盛衰，係乎國之存亡，故知保存其文，即能保存其國。[二]

而在《中國文學史稿》的《緒言》中，來裕恂亦指認：『欲煥我國華，保我國粹，是在文學。』在來先生看來，近代中國之所以落後，道理很簡單：『則以泰西之政治，隨學術而變遷，而中

[一] 來裕恂：《〈漢文典〉序》，載來裕恂著，高維國、張格注釋《漢文典》二頁。
[二] 參見來裕恂著，高維國、張格注釋《漢文典》三七四—三七五頁。

國之學術，隨政治為旋轉故也。」因此，當務之急，是專心學術，而不是侈談政治。如果說來裕恂借國文保存國粹之觀念，與同門章太炎高度契合，其上述關於政治與學術之辨析，則明顯得益於梁啟超[一]。

既然像「遠而希臘，近而歐美」那樣，「皆能以學術之力轉移政治」，在中華文明史上，「僅先秦時一現光影」，這就難怪，作者在《中國文學史稿》中，對於先秦學術給予極大關注。在第二編第八章「先秦文學之評議」中，作者稱：「凡一國文學之昌明，恒視其國民思想之發達。中國國民之思想，於先秦時期最優勝，故此時代之文學，大有可觀。試述其優長者四端。」這四「優長」分別是：「國家思想之發達」、「生計問題之昌明」、「世界主義之光大」、「家數之繁多」。至於先秦學術之缺陷，作者認為，「一在論理之學缺乏」、「二在物理之學不講」、「三在門戶之見太深」、「四在保守之念太重」、「五在家法之說太嚴」。不管是說「優長」還是辨「缺點」，都不是純粹的史學研究，而是在呼應當世學人對於「古學復興」的提倡。有趣的是，以上論述，並非來裕恂的創見，同樣汲取自梁啟超一九〇二年在《新民叢報》上連載

[一] 梁啟超《論中國學術思想變遷之大勢》第四章「儒學統一時代」開篇就是：「泰西之政治，常隨學術思想為轉移；中國之學術思想，常隨政治為轉移，此不可謂非學界之一缺點也。」參見梁啟超撰、夏曉虹導讀《論中國學術思想變遷之大勢》五一頁，上海古籍出版社，二〇〇一年。

的《論中國學術思想變遷之大勢》[一]。與今日著述之講求『學術規範』不同，晚清學人喜歡『轉引』與『抄錄』。讓學生們更多地瞭解學界的『最新成果』，屬於教材的『題中應有之義』。因此，來著《中國文學史稿》之多有借鑒，實在是情有可原。

晚清的國粹學派，絕非一味守舊，相反，他們特別强調『中外交通』對於文化創新的重要性。所謂『古學復興』，本身便是套用歐洲『文藝復興』的思路[二]。如此趣味，使得來著《中國文學史稿》特別看重中外之間的文化交流。若第四篇第七章『南朝之儒學及梵學』，提及：『南朝文學之盛，惟梁武之世。然梵學亦開於此時。要之，梵文之譯，始於晉；而采用印度學術，則始於梁之韻學。六朝時代，為印度哲學輸入之始。中國聲韻之學，全仿梵文，究中國聲韻之學者，不可不知也。』第五篇第七章『唐代之佛學』，將玄奘所譯《摩訶般若波羅蜜多心經》作為『佛教中之文學』，全文抄錄，鄭重推薦給讀者。第七編第七章『歐洲學術之輸入』，談論元代雖然『中國文學』不興，但『歐洲學術』開始輸入：『蒙古為游牧之民，文學等於草昧，值東歐羅馬之文明未淹、丁藝正盛之時，故歐洲之學術，如天算等，有輸入者。』至於第

[一] 在《論中國學術思想變遷之大勢》第三章第四節之『(甲)與希臘學派比較』，梁啟超列舉先秦學派之所長與所短，比來裕恂所論多一長(『影響之廣遠』)一短(『無抵抗別擇之風』)。參見梁啟超撰、夏曉虹導讀《論中國學術思想變遷之大勢》四二—五〇頁。

[二] 參見拙著《中國現代學術之建立》三三二—三四二頁，北京大學出版社，一九九八年。

九編第十一章『近今之文學』，從京師同文館以及廣東的廣方言館、天津的武備學堂、上海的江南製造局、福建的船政學堂說起，因其『皆以考究歐洲之科學為目的』，而中國文學將因此而『開前古未有之景象』。編撰『中國文學史』而引入『佛學』，在情理之中；至於談論元朝時『歐洲學術之輸入』，以及從京師同文館等入手，來辨析近代文學之走向，均是別開生面。

作者關注『中外交通』對於『文學史』的貢獻，但限於學識與體例，未能深入展開。除了第一編談及『諸子以前之文學』時，有『各國文學之通例，必先韻文而後散文』；其餘部分，絕少顯示作者的西學修養。在《中國文學史稿》的《緒言》中，作者提到了哥白尼之天文學、亞丹斯密之理財學、盧騷天賦人權之學說、伯倫知理之國家學、倍根之格物學、笛卡兒之窮理學、蒙德斯鳩之政法學、富蘭克令之電學、瓦特之汽機學，以及約翰彌勒之論理學、達爾文之進化論、斯賓塞之群學、邊沁之功利主義等，雖表明作者對剛剛傳入的『新學』饒有興趣，但都是一句帶過。《匏園詩集》卷一八《赴滬為〈漢文典〉出版》有云：『學希許鄭文班馬，法准歐蘇義韓柳。』《漢文典》如此，《中國文學史稿》也不例外。作者到過日本，但進的是語言學校，屬於那個時代十分流行的『游學』，而非正規的專業訓練。故講西學非其所長，只是增加了論說的時代感，同時帶進一種比較的眼光。作者真正的學術功底，還是在詁經精舍打下的。

來裕恂撰《中國文學史稿》，其《緒言》稱：『蓋文學者，國民特性之所在，而一國之政教風俗，胥視之為盛衰。』因為『文學』與整個社會風氣，乃至語學、美術學、哲學、政治學等，『要有各種關係』，故『觀于一代文學之趨勢，即可知其社會之趨勢焉』。這裏有《文心雕龍·

時序》『文變染乎世情，興廢係乎時序』的影子，但更重要的是，作者對『文學』一詞的理解，並非直接對應西文的 Literature。第一編『中國文學之起源』中各章，如『黃帝之學術』、『堯舜之學術』、『殷之學術』、『周代學術』等，其中『學術』二字，作者後來全都塗改為『文學』。第二編『諸子時代』各章，若『老子之道』、『孔子之道』、『墨子之道』等，也都改『道』為『文學』。換句話說，在作者心目中，『文學』與『學問』、『道術』之間，不說完全等同，起碼也可互換。這樣一來，談『中國文學起源』時，設專章討論『周代之學制』；辨析『晉代之文學』時，從『晉初武帝承魏祚，立學校，大學生徒三千人』說起；或者考察『近今之文學』時，以京師同文館等之崛起為標志，便都顯得順理成章。至於借助《宋元學案》《明儒學案》來編寫第六編第三章『宋儒之學派』和第八編第二章『明代道學派之紛爭』，將文學史和哲學史混為一談，也是基於上述思路。清末民初，國人所撰『文學史』，大都未在『文』、『學』之間作出嚴格區劃，但像來裕恂這樣强調『學制』、注重『學派』的，倒也不多見。隨着『五四』新文化運動的興起，學科邊界日漸明晰，史家轉而從審美角度來討論『中國文學』，像來著那樣『蕪雜』的『文學史』，因此逐漸被淘汰出局。不過，完全套用西方『純文學』思路，以今律古，同樣不無流弊。所謂『經國之大業，不朽之盛事』，本就不是單純的『審美』。談論古代中國的詩文，如何在『文學史』與『學術史』之間，保持必要的張力，對於研究者來說，其實是一個不小的挑戰。

清末民初刊行的文學史（除黃人所著外），大多以『文章』為中心，而極少關注不登大雅之堂的『小說』。這一點，在京師大學堂教材、林傳甲撰《中國文學史》那裏，表現得尤其明顯。作者自稱，此書之編撰，除依據《大學堂章程》外，『則傳甲斯編，將仿日本笹川種郎《中國文學史》之意以成書焉』[一]。可在具體論述時，林氏又振振有辭地批評笹川書『識見污下』。為何先卑後倨，關鍵在於，笹川之表彰小說戲曲，讓林教習很不以為然：

元之文格日卑，不足比靈斯唐宋者。更有故焉，講學者即通用語錄文體，而民間無學不識者，更演為說部文體，變亂陳壽《三國志》，幾與正史相溷。依託元稹《會真記》，遂成淫褻之詞。日本笹川氏撰《中國文學史》，以中國曾經禁毀之淫書，悉數錄之，不知雜劇院本傳奇之作，不足比於古之《虞初》，若載於風俗史猶可，笹川載於《中國文學史》，彼亦自亂其例耳。況其臚列小說戲曲，濫及明之湯若士、近世之金聖歎，可見其識見污下，與中國下等社會無異。而近日無識文人，乃譯新小說以誨淫盜，有王者起，必將戮其人而火其書乎！[二]

[一] 林傳甲：《中國文學史》書前『識語』，見《早期北大文學史講義三種》二九頁，北京大學出版社，二〇〇五年。

[二] 林傳甲：《中國文學史》第十四篇十六章，見《早期北大文學史講義三種》二一〇頁。

林教習萬萬想不到的是，十幾年後，他曾任教的這所『最高學府』，竟屈服於那些他深惡痛絕的小說戲曲，不僅沒有『戮其人而火其書』，還開設專門課程，鼓勵學生體味與研修。

比起林傳甲之厲聲訓斥傳統中國的小說戲曲誨淫誨盜，來裕恂撰《中國文學史稿》之輕描淡寫，已經算相當客氣。該書第七編第六章『小說戲曲之發達』，區區兩小段，談及小說時，更只有寥寥數語：

> 元以前之小說，大都神仙怪異，或巷說街談，始自周之稗官者流。至宋元而繁矣，《四庫總目》分為三派，敍述雜事、記錄異聞、綴輯瑣語。至元代，則《水滸傳》出自施耐庵。自此至明，小說益盛，有《西游記》、《後水滸》及《三國演義》等書。

至於第九編第九章『國朝之小說戲曲』，更是簡略得不能再簡略，連聲名顯赫的《儒林外史》、《紅樓夢》等，都沒有露臉的機會。這一點，與梁啟超之提倡『新小說』，並非截然對立。為了說明這個問題，不妨引入來裕恂所撰《漢文典》，其中關於小說的論述，正可與《中國文學史稿》互相補正。

《漢文典》包括《文字典》和《文章典》兩部分，後者包括『文法』、『文訣』、『文體』、『文論』等四卷。第四卷『文論』之第四篇『變遷』，實際上是一篇微型的『文學史』，因其從『伏羲唐虞』之『文學發生時代』，一直講到『近今』之『文章改良時代』，劃『中國文章之變遷」為十四期[一]。定魏晉為「文章浮靡時代」，屬於傳統見解，無法與章太炎《國故論衡·論式》之「石破天驚」相提並論[二]。但此書雖以論「文」為主，偶涉小說戲曲，卻有相當通達的見解。若第三卷第三篇第三章「文詞類」之談論「小說」，從「出於稗官」起筆，一直講到漢魏筆記、唐人傳奇，還有明清小說等[三]。看得出來，作者對於小說戲曲的評價，是在傳統的偏見與新學的提倡之間搖擺。一方面稱「故章回、雜劇終為儒者之所鄙，此亦烏足以極文章之妙」，似乎是文類本身的缺陷；另一方面，又引入外國的眼光，好像是在批評國人之不覺悟：

要之，中國之小說，自昔之作，大約事雜鬼神，情鍾男女者為多，故往往為世間之戲具，不流行於上層社會。而移風易俗之道，外國泰半得力於小說者，中國反以此而沮風氣。推其原因，則由於讀小說者，不知小說之功用，作小說者，不知小說之關係也。[四]

[一] 參見來裕恂著，高維國、張格注釋《漢文典》三九九—四一七頁。

[二] 參見拙文《現代中國的「魏晉風度」與「六朝散文」》，見《中國文化》一五、一六期，一九九七年十二月，或《中國現代學術之建立》三三〇—四〇三頁。

[三] 稱「白話小說，則原於宋」，「逮至明代，作者亦好為之」，大體說得過去；但將《聊齋志異》說成是「演義體」，稱「偶談」、「雜記」、「叢錄」、「瑣語」等「要皆統於說部」，起碼是不够妥帖。

[四] 參見來裕恂著，高維國、張格注釋《漢文典》三五一—三五三頁。

此等看似自相矛盾的論述，實際上深受梁啟超《譯印政治小說序》（一八九八）和《論小說與群治之關係》（一九〇二）二文的影響[一]。既批判『舊小說』之誨淫誨盜，又表彰『新小說』之覺世濟民，此乃梁啟超左右開弓的論述策略。基於此立場，談論傳統中國小說，不橫加指責，就算是寬宏大量的了。到了第四卷第三篇第六章，作者方才給予『小說之文』比較正面的評價：

小說之文，每演白話，所記多雜事瑣語。其體則章回、傳奇，敍事之法，多本傳記。惟詞曲則注意於音節，辭采雕琢，不遺餘力。自屠釁販卒，娃嫗童稚，上至大人先生，文人學士，無不為之歆動。其感人之深，有如此者，蓋別具一種筆墨者也。[二]

肯定『每演白話』的『小說之文』，稱其『感人之深』、『別具一種筆墨』，這在晚清的文學史著中，已經算是相當開明的了。

一百年前的著述，要挑毛病，那實在太容易了。相反，具同情之瞭解，將其置於學術史上

[一] 參見任公《譯印政治小說序》、飲冰《論小說與群治之關係》，收入陳平原、夏曉虹編《二十世紀中國小說理論資料》第一卷二一—二二頁、三三—三七頁，北京大學出版社，一九八九年。

[二] 來裕恂著，高維國、張格注釋：《漢文典》三九八頁。

詳加辨析，更為難得，也更有意義。借用唐人杜牧詩句，即所謂『折戟沉沙鐵未銷，自將磨洗認前朝』。至於我本人，更感興趣的是，借此理解晚清波濤洶湧的西學大潮，以及早已隱入歷史深處的中學課堂。因而，不揣冒昧，從國文與國粹、中學與西學、學術與文學、小說與文章等四個方面，對即將『新刊』的來著《中國文學史稿》略作『推敲』。

二〇〇七年十二月六日於京西圓明園花園

# 緒言

置身於喜馬拉耶之巔[而]東望亞洲，巋然[一]四千餘年之大陸國。自十九世紀[以]來，東西兩洋潮流接觸，戰以兵，戰以商，戰以工藝，戰以政治，戰以鐵道航路，戰以礦山工廠，戰以條約、租地、外交之勢力，戰以殖民、帝、國民族諸主義[，無不]失敗，何也？曰學術荒落，國勢所由不振也。

然我國有二十四朝之歷史，有周代之六藝，有漢唐之經學，有宋明之理學，又有老學、墨學、佛學、詞章學、考據學，斐然煥然，固有足以自豪者，何不若島夷與蠻族[二]文化蒸蒸焉？曰文學盛而科學衰也。故思想窒塞，智識滯鈍耳。雖然，我國二千年前，科學已萌芽矣。若管子[二]之[發明]政治[學]，孫子吳子之發明兵學[三]，周髀[經]之[發明]天文[學]、象數[學]，墨

[一] 蠻族：改為『森林民族』。
[二] 管子：改為『管仲』。
[三] 孫子吳子之發明兵學：改為『孫吳之兵法』。

子之發明格致學[一]，老[子]莊[子]之[發明]哲學、衛生[學]，商鞅韓非之[發明]法律[學]，公孫龍之[發明]論理學，鬼谷[子之發明]交涉[學]，[及]孰非泰東西所尊為重要之科學[者]哉？而我國先民[，早]已導之[二]，何至今日而進化之[三]濡滯[若此]也？則以泰西之政治，隨學術為變遷，而中國之學術，隨[四]政治為旋轉[五]故也。

夫為遠而希臘，近而歐美，擷文學之精義，煥政治之明光，於是有哥白尼之天文學，則麥志倫能尋海線以航太平洋，而新世界出現於大地；有亞丹斯密之理財學，則自由貿易之策行，而盎格魯撒遜民族能佔優勢於實業界；有盧騷天賦人權之學說，則法國之民主政體能蔓延於西半球；有伯倫知理之國家學，則政府萬能之說為世界所公認，而國家主義能盛行於二十世紀。他若倍根之格物學，笛卡兒之窮理學，蒙德斯鳩之政法學，富蘭克令之電學，瓦特之汽機學，奈端之重學，達挪士之植物學，康得之純全哲學，皮里士之化學，黑拔之教育學，約翰彌勒之論理學，達爾文之進化論，斯賓塞之群學，邊沁之功利主義，皆能以學術之力[六]轉移政治[之方]。若是乎今日世界之改觀者，[皆]科學為之也。惜[乎]我國[之]科學，僅[於]先秦時一現[其]

---

[一] 墨子之發明格致學：改為『墨翟之云物理』。
[二] 之：改為『之者』。
[三] 之：改為『若是其』。
[四] 隨：改為『視』。
[五] 旋轉：改為『標準』。
[六] 力：改為『勢力』。

光影，自是而經學，而理學，而老學[一]，而佛學，而詞章學，而考據學，無新理想、新學說灌輸於人民之腦中[二]，故不能日新其德[三]。今者東西洋文明[流]入中國，[而]科學日見發展，國學[四]日覺[五]衰落。欲[六]煥我國華，保我國粹，是在文學。蓋文學者，國民特性之所在，而一國之政教風俗，胥視之為盛衰消□者□[七]。自形迹言之，雖成為獨立之一科[八]，而究其實質，則與社會學、風□□、□語學、美術學、哲學、政治學等，要有各種關係，是故觀於一代文學之趨勢[九]，即可知[其]社會之趨勢焉[十]。文學於國家之勢力[十一]，為何如哉？述中國文學。

宣統元年二月蕭山來裕恂敘[十二]於海寧州中學堂。

---

[一] 老學：後增「而墨學」三字。
[二] 腦中：改為「腦海」。
[三] 其德：改為「又新，以致於新民之作也」。
[四] 國學：前增「而且」。
[五] 覺：改為「就」。
[六] 欲：前增「於此」。
[七] 消□者□：此段文字中的□，均是原稿空白處。
[八] 雖成為獨立之一科：改為「文學一科有獨立性」。
[九] 之趨勢：改為「之所趨」。
[十] 趨勢焉：改為「所向矣」。
[十一] 勢力：改為「功力」。
[十二] 敘：改為「序」。

# 第一編[一] 中國文學之起源

## 第一章 總論

上古之文學，自伏羲至黃帝而一變，自五帝至三王而一變，自三王至晚周而一變，故文明之發達，亦緣之以為界焉。黃帝之書，著錄於《漢書·藝文志》者，二十余種，班氏既一一明揭其依託，今[二]所傳《素問》、《內經》等，亦其一也[三]。黃帝四征八討，經驗既廣，交通自繁，故能一洗混沌之陋而揚其文化。及洪水為災，下民昏墊，中土文學生一阻礙[四]。禹抑洪水，定九州，立帝國（中華建國，實至夏后而其制備），其時政治思想、哲學思想，皆漸發生。如《禹

[一] 編：改為「篇」。

[二] 今：前增「以余觀」。

[三] 亦其一也：修改本刪此四字，並增一段文字：「世所依託者。又道家有《黃帝銘》六篇，其書今不可見。章實齋《文史通義》：『考《皇覽》、《皇帝金人器銘》及《皇王大紀》所謂，與凡之箴巾几之銘，則六篇之旨可想見也。』」

[四] 文學生一阻礙：改為「文化生大阻礙者歷有年所」。

貢》之制度，《洪範》之理想（《洪範》雖箕子所述，其稱傳自神禹，必有因也），皆為三千年前精深博大之籍。自禹以後垂千年，休養生息，無所增進。逮至周初，中央集權之勢盛，菁華聚於京師，周公兼三王作官禮，[一][文王繫易，而詩書亦]粲然大備[二]，古代學術之精神條理於是粗備[三]。第周公之制馭天下也，專以文治，而起優柔之風。其賢士大夫從容儒雅，文采彬彬，有恭敬揖讓之節；其野人敦厚溫和，有風頌之作。文運洽上下，學風薰四方，誠前古未有之盛觀也。及其季世，禮文益繁[四]，而頹敗之勢愈不可收拾[五]，其所以制天下者反為自取困躓之基，積衰積[六]弱，奄奄無生氣[七]。諸侯環視而不敢考[八]，先王[九]之遺制，墜地不復得行，終為戰國擾亂之世，然其文學獨盛於諸子時代以前[十]。茲述其大勢，下文乃詳言之。

---

[一] 其後增「於是《易》掌太卜，《書》隸外史，《詩》領太師，《禮》司宗伯，《樂》守司成，六藝乃」。
[二] 大備：原稿本無法識別，此據修訂本。
[三] 條理於是粗備：改為「胥用於官存」。
[四] 益繁：改為「益繁縟，失官禮之精意」。
[五] 愈不可收拾：改為「不可振」。
[六] 積：改為「成」。
[七] 奄奄無生氣：改為「漸至亡國」。
[八] 不敢考：改為「起」。
[九] 先王：改為「古先聖王」。
[十] 終為戰國……時代以前：改為「終啟戰國之擾攘，由是官失其職，惟師傳其道，古文學又獨盛于諸子之朋起」。

# 第二章　文字之緣起[一]及構成

凡太古鴻濛之事，案之各國史乘，概多荒唐不稽之說。不傳半神半人之異蹟，則存牛首蛇身之物類[二]。其智能[之]超出[於]羣類者，或稱天佑[三]。此等事蹟，於各國神代記，均所散[四]見，適足[五]以窺太古未開之狀況[六]。降至書契時代，人智漸開，而顯其思想之[七]文字，存其意匠之事物[八]，亦從單純移[九]於複雜。始著粗淺之詩歌，繼發文學之微光[十]，其公例也。

中國五千年[以]前有三君，一伏羲，一神農，一黃帝，最為[十一]明聖。伏羲氏觀察天地鳥

---

[一] 緣起：目錄作『起源』。
[二] 物類：改為『怪說』。
[三] 或稱天佑：改為『或□天佑，或望神降』。
[四] 散：改為『概』。
[五] 適足：改為『此可』。
[六] 狀況：後增『矣』。
[七] 之：改為『於』。
[八] 存其意匠之事物：改為『存其意象於事物』。
[九] 移：改為『趨』。
[十] 繼發文學之微光：改為『繼則放發文學之曙光』。
[十一] 為：改為『稱』。

獸之文，畫八卦，作結繩，而啟記號符形之端，當時[一]所作，猶非成形之文字。所謂八卦者，僅畫象形之符號而已。及黃帝時[二]倉頡始製文字，今欲尋其遺文，亦不概見[三]。蓋當時之文字多為象形，直[四]一種繪畫而已，且文非一代一時所能製成也，必逐時[五]累世，增刪改定無疑[六]。《周禮》保氏教國子先以六書，而六書中之象形、指事二種，實作於黃帝史官倉頡[七]。蓋象形指事，可謂之文，而不可謂之事。文乃依類象形而成，字必形聲相益而得，故六書中之諧聲、會意、轉注、假借四種，乃[八]作於黃帝以後。迨至唐虞夏商[之]間，始可稱之為字。然欲觀中國之學術，必自黃帝始[九]。

---

[一] 當時：改為『顧當時』。
[二] 黃帝時：後增『史臣』。
[三] 不概見：改為『不可得而見』。
[四] 直：改為『初直』。
[五] 逐時：改為『經年』。
[六] 無疑：改為『始無疑焉』。
[七] 實作於黃帝史官倉頡：改為『則作於倉頡』。
[八] 乃：改為『實』。
[九] 始可稱之為字……必自黃帝始：改為『字乃完成。故周代得以六書命保氏掌之，以教國子也』。

# 第三章　黃帝之學術[一]

黃帝陟王屋為受丹經，至鼎湖而飛流珠，登崆峒而問廣成，之奧茨而咨滑子，論導養而質元女、素女，精推步而訪力牧，講占候則詢風后，著體診則受岐雷，審攻戰則納五音之策，窮神姦則記白澤之辭（《軒轅本紀》：帝登恒山，於海濱得白澤神獸，能言，通於萬物之情。因問天下鬼神之事），相地理則書青鳥之說，救災傷則綴金冶之術，故能畢該秘要，窮道盡真（《抱朴子》）。黃帝之學，流及後世，為道家言。今考之《陰符經》，義蘊無所不包，或謂兵法之鼻祖，或謂道家之權輿，諸子百家，悉在環域之中矣（《繹史》），其宗旨則尚自然，已開老子之學派[二]。

黃帝之學術[三]，今可考見者四：一文字，二醫學，三蠶學，四歷律。

文字[之學]，則『六書』是也。帝命倉頡制字，字有『六義』，即象形、指事、會意、轉注、諧聲、假借是也。相傳為古文（說見《字源》），其文為

---

[一] 修訂本在第二章之後，插入第三章《伏羲之文學》和第四章《神農之文學》，同時將此第三章改為『第五章』。

[二] 或謂兵法之鼻祖……已開老子之學派：改為『或斥為偽書，殊未可信也。後世兵家、道家均祖之。且諸子百家，悉在環中，其學術之精深宏大，實為開闢來所未有。惟其宗旨則尚無為，已開老子之自然學派』。

[三] 學術：改為『文學』。

若夫金人垂銘、丹書著戒則黃帝之文也。《藝文志》曰：『《黃帝銘》六篇[一]。』劉向《說苑·敬慎篇》：『有《金人銘》，為黃帝六銘之一。文曰「涓涓不塞，將成江河；緜緜不絕，將成網羅」，凡二百餘字。』《路史·疏仡紀》：『黃帝作成於《丹書》，文曰「施捨在心平，不幸乃弗聞」。又「茫茫昧昧，因天之威，與天同氣」，見《淮南子·繆稱訓》、《呂氏春秋》、《文子》諸書。「日中必慧，操刀必割」，見賈誼《新書》。』觀其辭旨，簡質樸實，片語流傳，或未盡出於依託也。（見《繹史·名物訓詁》），迄今徵諸篆隸，其變遷之跡，幾有不可得而循者。

醫學則作《內經》、《外經》是也。《漢書》：『《黃帝內經》十八卷，《外經》三十七卷。』（《藝文志》）今所傳《靈樞》八十一篇、《素問》八十一篇，《內經》也。《外經》不傳。《素問》明陰陽之理（《晁氏讀書志》說），《靈樞》論針灸之道（《帝王世紀》說），皆黃帝與岐伯問難之語[也]。[黃帝]復命俞跗、雷公察明堂、究息脈，巫彭、桐君處方餌，而人得以盡年。中國醫學，創於神農，《本草》所言，發明物性，不外視察燥、濕、寒、熱、溫五氣，是為處方之術。而黃帝所傳之《靈樞》、《素問》，則為醫學原理之書也。

蠶學則黃帝教民育蠶是也。絲之為用[二]，黃帝以前，無發明者。西陵[三]氏女嫘祖，[為帝

[一] 六篇：後增『者』。
[二] 蠶學……絲之為用：改為『蠶學則教民育蠶。是絲之為用』。
[三] 西陵：前增『黃帝元妃』。

元妃，]始教民育蠶，治繭絲，以供衣服，天下[一]無皴瘃之患。後世蠶桑之學因之。

歷律[之學]，則占天文、定歲名、制蓋天、作調歷、明算術、造律呂是也。帝設靈臺、立五官（天地神民物類之官），以敘五事（[见]《史記》）。命鬼臾區占星、羲和占日、尚儀占月、車區占風（[见]《晉書·律歷志》），此占天文也。命大撓作甲子（[见]《史記正義》）紀日，每六十日甲子一周（[見]《漢書·律歷志》），甲為歲陽，子為歲名（[見]《史記·天官書》），此定歲名也。命容成作蓋天（即後世渾儀之所自出），以象周天之形，此製蓋天也（言天如蓋笠、地法覆盤也）。因五量（龠、合、升、斗、斛）、定五氣（五行之氣）、起消息（陽生為息，陰死為消）、察發斂（春夏曰發，秋冬曰斂）以作歷（[见]《晉書·律歷志》），歲紀甲寅，日紀甲子，而時節定。是歲己酉朔旦，日南至，而獲神策（蓍也），乃迎日推策（[見]《史記·封禪書》），蓋黃帝得蓍以推算歷數，逆知節氣日星之將來），造十六神歷，積斜（讀餘）分以置閏，配甲子而設蔀（至朔同在日首謂之蔀），於是時惠而辰從，此作調歷也（《史記·歷書索隱》：『容成造歷』）。命隸首定數，以率其羨，要其會，而律（即律呂。數因律起，律以數成）度（分、寸、尺、丈、引，所以度長短）量（量起於龠，以十乘之，得合、升、斗、斛之數）衡（所以任權，而平銖、兩、斤、石、鈞之輕重）由是成，此明算術也（即九章演算法）。命伶倫取嶰穀（崑崙之北）之竹，斷兩節間，其長三寸九分而吹之，以為黃鐘之宮（律之最長者），製十二筩，聽鳳

[一] 天下：前增『而』。

凰之鳴，以別十二律，陽六為律，陰六為呂，以比黃鐘之宮適合，黃鐘之宮，皆可以生之（凡十二律相生，皆八八為伍。下生者，三分損一，上生者，三分益一，三分損益，隔八相生，皆制律審音之法。若在吹管，則陰陽分用，陽為律，陰為呂），故《呂覽》曰：『黃鐘之宮，律呂之本，律以統氣類物，黃鐘、太簇、姑洗、蕤賓、夷則、無射是；呂以旅陽宣氣，林鐘、南呂、應鐘、大呂、夾鐘、中呂是。』（《古樂篇》）又命榮猨鑄十二鐘（金音之屬）以協月箭，文之以五聲（宮商角徵羽），播之以八音（金、石、絲、竹、匏、土、革、木）。命大榮作雲門大卷之樂，命曰咸池。此造律呂也。

此外尚有[不純粹之]學術二，則六壬與神仙之說是也。

六壬者，日辰陰陽及所生所養之禦，三陰三陽，故曰六壬也（《龍首經》注）。六壬之學，後世無傳，稍近者惟漢翼奉六方之說。蓋奉學齊詩，齊詩言六情，六情分配六方（上、下、東、西、南、北）。六情之動，依外界感觸，為迎拒之象，故分為喜、怒、哀、樂、愛、惡六種情狀也。以內情依外界而動，故六情分配六方。讀《漢書・翼奉傳》，可以知六壬之說矣。

黃帝治民之教旨，取諸天神，故有神仙之說，與佛教中人死升入天堂之說無異。其學說詳於《史記・封禪書》。此等語言，若不明其立言之性質，則必至如秦皇漢武之病狂，而後世方士者流，遂託之以惑君主，復附會一切迂怪之談以實之。此中國學術中一大弊也。

要之以上二者，乃含宗教性質，故流及社會，為一大病[一]。

## 第四章　五帝三代之文學及沿革[二]

上溯結繩，書契未著。稽諸經傳，十言之教，始於庖犧。《左傳·定公四年正義》引《易》云：『伏羲作十言之教，即乾、坤、震、巽、坎、離、艮、兌、消、息也。』（古人一字謂之一言）至於神農，《六韜》載其禁，文曰：『春夏之所生，不傷不害。』又徵之《管子》，而有神農之數。《揆度篇》云：『一穀不登，減一穀。穀之法十[三]……者，要皆信而有徵也。故堯舜時代，為人文極盛之時。觀《尚書》所載，可知物質之教化，漸易為心理之教化矣。夏殷時代，古籍鮮可考，證之《書經》，典謨均稱『虞夏之書』，而《舜典》亦出夏史臣之手。《禹貢》一篇，記山川、田野、物產、貢賦，與禹經始之跡，尤無餘蘊。夏代文章之發達，可於此徵之。殷代學術之可言者，獨箕子告武王《洪範》一篇，所言皆人生必需之事。當時學術，莫非物質之教，然極盛時代，必推姬周也。

---

[一] 為一大病：改為『有阻道化』。

[二] 修訂本刪此章。

[三] 穀之法十：原稿本以下缺一葉，當為作者修訂時抽去。所缺內容多應移入修訂本第三章《伏羲之文學》和第四章《神農之文學》（見本書附錄），但已無從分辨。

# 第五章　堯舜之學術[一]

迄今追尋黃帝之學術，則文字、醫學、蠶學、律歷四者，尚有端緒可尋，源流可考。然亦一線之流傳，而非完全之真相也[二]。欲循治古學，斷推唐虞之際，因堯舜為儒家所祖也。［中國稱聖人，首推堯舜，論治道，必本唐虞。子思稱］孔子為[三]祖述堯舜，孟子［道性善］言必稱堯舜，韓非謂孔墨俱道堯舜，堯舜真聖人歟[四]。考之《尚書》，舉堯之德，曰欽明文思，允恭克讓，舉堯之功，曰九族既睦，百姓昭明，黎民於變時雍。孔子大堯之為君，而贊其功巍巍，文章之煥。《舜典》又言其明五典。五典者，五倫也。五倫之學，乃堯舜之所提倡，後世立教敷政，無不以此為質幹。

所尤彰彰者，為心理之學。《尚書》所載堯舜授受之際，相警戒之語，曰『允執厥中』，舜以授禹，曰『人心惟危，道心惟微，惟精惟一，允執厥中』。後世儒者，以此為王道之基本，作君之要則。所謂執大中至正之道以建皇極，蓋本此語以擴充者也。王者承君位之重，故

[一] 修訂本改為第六章。學術：修訂本改為『文學』。
[二] 迄今……真相也：改為『學者』。
[三] 孔子為：改為『仲尼』。
[四] 堯舜真聖人歟：改為『可知政教至堯舜而益□□用』。

於授受之際，告以修心之訓，一如今世西國人君即位所宣佈之誓辭耳。由物質而進言心理，此亦學術之一大進步也。〔而〕後世儒者，遂引此語為儒教之源[一]，循至宋代，乃別開道學之生面[二]矣。

《尚書》所載堯舜之政治，其有關於學術者，正復不少，大抵皆天文、地理、政治之學。堯首命羲和以歷象日月星辰，敬授人時。當時洪水初平，民未知晨昏寒暑之理，耕獲先後之時，故堯命羲和，觀象頒歷，使民不失時。又設測候所於四方荒裔之地，以廣考驗：羲仲宅嵎夷，寅賓出日；羲叔宅南交，平秩南訛；和仲宅西，寅餞納日；和叔宅朔方，平在朔易，皆司天文之測候者也。〔堯〕又命鯀治水，欲按水脈，導之入海，功雖成於禹，而堯之治水方針則在乎此[三]。誠上古天文地理學發源之始也。舜之〔考究〕歷數〔之〕學，則《書》所言「在璿璣玉衡以齊七政」是也。命禹治水，黃河之患已平，後世《水經》諸書本之。

夫然可知中國諸種學術，徵[四]諸黃帝，不過端緒耳[五]。而原原本本有可祖述者[六]，斷推堯

[一] 源：改為「要旨」。

[二] 之生面：改為「一派」。

[三] 而堯之治水方針則在乎此：改為「而洪水之害，堯所深慮」。

[四] 徵：改為「在」。

[五] 不過端緒耳：改為「不過有其端緒」。

[六] 而原原本本有可祖述者：改為「而原本可考」。

舜。人但知堯舜為中國政治界發一光明[一]，而不知其學術之淵源有如此者[二]。

## 第六章　禹之學術[三]

禹之學術，何自見乎[四]?《禹貢》者，記山川、田野、物產、貢賦，不過表著姒王經營之事、勤勞之跡，而學術之微旨，未由覘其一二也。禹之學術，於《洪範》稍具崖略。夫[五]《洪範》之所傳者，[莫非]五行之學也。

五行之說，起於黃帝，而盛於夏禹。《史記・歷書》言黃帝建五行，故自黃帝以來，代立五行之官。史墨言古者有五行之官，木正句芒、火正祝融、金正蓐收、土正後土、水正元冥是也（[見]左昭十九年傳）。是五行之學，黃帝以來傳之，惟[六]至堯舜時，則心理之學盛，而物質之學衰，故禹繼興，遂修五行。惟當時所謂五行者，皆指人事而言，初非有天人相與之意存乎

[一]政治界發一光明：改為『政治之最善者』。
[二]淵源有如此者：改為『光明已如此』。
[三]修訂本改為第七章。禹之學術：改為『夏代文學』。
[四]禹之學術，何自見乎：改為『夏之文學，實肇自禹』。
[五]夫：改為『蓋』。
[六]惟：改為『然』。

其間[一]也。以金可耀武足國而貴金，以木可成器致用而貴木，以水可養生交通而貴水，以火能熟食煉物而貴火，以土能載重生物而貴土，所研究者，為人類必需之具，所知識者，為日用必要之事。初未有陰陽之說，如《漢書·五行志》所云者也。

其他《征苗之誓》、《甘誓》、《胤征》，為後世檄文之祖。《五子之歌》，則歌辭祖之。至於字，則今所傳《岣嶁碑》，是變蝌蚪之形，而稍具篆文之格者。

## 第七章　殷之文學[二]

殷二十九世，四百九十六祀。其間湯之伊尹、汝鳩、汝房，太戊之伊陟、臣扈、巫咸，祖乙之巫賢，殷之中興，有盤庚、武丁之君，有傅說、甘盤、祖己之臣，及其亾也，有微子、微仲、比干、箕子、膠鬲之徒，是皆一代賢者。因此可想見殷代[之]文學矣[三]。然考諸史冊，記載無傳，《伊訓》、《說命》[四]、古文[五]尚[六]書[難據立論]。即引以為據，亦僅五篇[耳]。《論語》、

---

[一] 之意存乎其間：改為「之事」。

[二] 文學：目錄作「學術」。修訂本改為第八章。殷之文學：修訂本改為「殷代文學」。

[三] 文學矣：改為「文學之尚質矣」。

[四] 《伊訓》、《說命》：改為「《湯誓》、《太甲》、《盤庚》、《說命》」。

[五] 古文：改為「載於古文」。

[六] 尚：原稿本無法識別，此據修訂本。

《中庸》、《史記》、《白虎通》，並載杞宋無徵之言，則孔子時，夏殷之書，已不可考。今所傳商代之文字，較文章為多，如金石中所列商鼎、商彝、商爵、父乙鼎、父丁鼎、祖戊彝、祖乙彝、商兄癸彝、丁父鬲、祖戊尊、商從尊、祖癸卣（[見]鄭樵《通志》），復有父丁卣、臤䀠鼎、父王尊、好父辛彝、父乙彝（[見]《阮氏鐘鼎款識》），咸有款識，然不過[一]供金石家考索[而已]。至於文章[二]，則詩與頌[三]載諸《詩經》，箕子夷齊之歌，則見諸《史記》，吉光片羽，如此而已[四]。

## 第八章　周代文學[五]

周之文化，始自[六]文王、武王，[至]周公「而大成。」及其季也，更得孔孟百家，振起衰運。

---

［一］不過：改為『足』。

［二］至於文章：改為『而未能與于文章之列』。

［三］則詩與頌：改為『《商頌》』。

［四］吉光片羽，如此而已：改為『可謂吉光片羽者也』。後面增一段文字：『至於伊尹之書，《藝文志》列於道家，後人遂疑為偽託。章氏學誠謂：「道家祖老子，而先有伊尹、太公、鬻子之書，乃道家者流標述者，因以其人命書，然必出於偽託，亦非克於義，用於伊尹、太公必為道家也。」其說良耳。』

［五］文學：目錄作『學術』。修訂本改為第九章。

［六］自：改為『於』。

厥初文王，有美里演《易》，蓋彖辭也。武王克殷，訪道箕子，得夏《洪範》，九疇既敘[一]。周公兼三王，一朝文物，煥乎炳炳[二]。故周代文學之盛，當歸功於周公。

周公承文武之政，制禮作樂，當世經籍多出周公之手[三]。『六經』[四]，公所校定也；《周禮》[五]，公所作也。惟後儒論《周禮》者曰：『書成於居攝之後，其時公已歸豐鎬，故未及行，以待他日之用；故建都之制，與《洛誥》、《召誥》不合；封國之制，與武成孟子不合。或曰《周禮》作於周初，至於東遷三百餘年。官制之沿革，政典之損益，不知凡幾。後人之法，多有羼入，非復周公之舊。且六典既缺，已非全書；冬官晚出，遂啟學者輕議之端。』然治經儒，異說雖多，而要為周公之書無疑也[六]。《儀禮》亦周公之作，惜所傳皆殘闕。然欲觀周禮者，尚賴是

[一] 九疇既敘：改為『敘九疇』。

[二] 周公兼三王，一朝文物，煥乎炳炳：增改為『周公思兼三王，以施四事。後有太公、召公十亂諸□：班氏《藝文志》載太公書，多兵家事；召公《君奭》篇，載於《辟土經》。周公文學之精義悉在用禮』。

[三] 當世經籍多出周公之手：改為「當時文誥多出其手」。

[四] 『六經』：改為『六藝即六經』。

[五] 《周禮》：改為『……《周禮》』。

[六] 無疑也：後面增補『且《易》掌太卜，《書》藏外史，《禮在》宗伯，《樂》隸司樂，《詩》頌太師，《春秋》存乎國史。孔子云「述而不作」，述即述周公之書也。故章氏學誠曰：「六藝非孔氏之書，乃周公之舊典也（《文史通義·校讎一》）。」

書。當時禮制所謂『禮儀三百，威儀三千』，何其委曲而詳盡也[一]。算術九數，亦周公之作，今之《周髀算經》、《九章算術》是也（或謂假託周公之名，然必為算術之書之最古者[二]）。一切[三]藝術之書，亦多出自周公。惜後世不傳，所傳者[皆]偽託[四]。[然]當時所謂『六藝』，無不奉為圭臬[五]，可以知周代之文學，必有大可觀[六]者也。

六藝：五禮，吉、凶、軍、賓、嘉；六樂，雲門、大咸、大韶、大夏、大濩、大武；五射，白天、參連、剡注、襄尺、井儀；五馭[七]，鳴和鸞、逐水曲、過君表、舞交衢、逐禽左；六書，象形、會意、轉注、指事、假借、諧聲；九數，方田、粟米、差分、少廣、商功、均輸、方程、贏不足、旁要（今增重差、夕桀、句股）。

又有六儀者，祭祀之儀、賓客之儀、朝廷之儀、喪紀之儀、軍旅之儀、車馬之儀。

是皆保氏所以教國子之道也。然則周代之文物典章，學術技藝，其所發展洵足以集前代之

---

[一] 詳盡也：後增『惟《儀禮》尚可考見什焉』。

[二] 最古者：改為『最古無疑』。

[三] 一切：改為『其他』。

[四] 偽託：後增一段文字：『《漢書・藝文志》儒家部有《周政》六篇、《周法》九篇。班固注《周政》云「周時法度政教」，注《周法》云「法天地，立百官」，則二書蓋商禮之遺多也。』

[五] 奉為圭臬：改為『奉周公為圭臬』。

[六] 必有大可觀：改為『周公乃集大成』。

[七] 五馭：改為『五禦』。

大成[一]，而開後世之文化[二]者也。

迨至周初[三]，武王作鳥書，取其飛騰輕疾，用以題幡。雖別創新裁，而非文字正格，與鐘鼎文同[四]。是時古文之通行如故也。故自黃帝迄周初，可謂之古文時代，逮周宣而篆文興，然孔子訂『六經』，左邱明述《春秋》，皆用古文。時篆文雖興，而古文猶未全失也。至戰國七雄殊軌，文字遂乖舛而多變矣。秦兼天下，李斯[作《倉頡篇》]、趙高[作《爰歷篇》]、胡母敬[作《博學篇》]，皆取史籀大篆而省改之。蓋文字至此[五]凡三變，而古文之真汩矣。

## 第九章　周代之學制[六]

中國上古學校之制度，虞舜時已立其程，名之曰庠，大學曰上庠，小學曰下庠。於夏則曰序，大學曰東序，小學曰西序，鄉學曰校。在商則曰學，大學曰右學，小學曰左學，鄉學曰序。

[一] 集前代之大成：改為『光烈前代』。
[二] 文化：改為『文學』。
[三] 迨至周初：改為『至於文字』。
[四] 同：改為『仿佛』。
[五] 此：改為『秦』。
[六] 修訂本改為第十章。

及至周代，並建四學[一]，於是虞庠在北，夏序在東，商學在西，而當代之學，南面在中央，他三校環之，名曰膠，又曰辟雍、成均、澤宮[二]。故周代之[三]學校，於有虞氏以來之制，修而兼用之者也。

周人所設之學校，則養庶老於虞庠，養國老於夏序、商校。於澤宮行大射之禮，國有出征、受賑、獻馘等大事，亦於此行之，是為大學之制。王世子、王子、群後之世子、卿大夫元士之嫡子，及舉國之俊秀，皆得入之。而命師氏教之以三德、三行。保氏養之以道，而教之以六藝、六儀。三德者，［即］至德、敏德、孝德［是］也，以至德為道之本，以敏德為行之本，以孝德為知逆惡之本。三行者，［即］孝、友、順［是］也，孝行以親父母，友行以尊賢良，順行以事師長。六藝者，［即］前所述禮、樂、射、禦、書、數。六儀者，亦即前所述祭祀等儀是也。其國學所以教子弟者如此[四]。

至於諸侯之國，大抵立當代之學，稍損其規模，而其製環水作半璧狀，故名泮宮。鄉州則二十五家為閭，閭有塾；五百家為黨，黨有庠；一萬二千五百家為州，州有序，皆各萃其子弟而教育之。其師以大夫之致仕還鄉者任之。自德行道藝，至於朝廷官職之事，皆以其身為模範，

[一] 四學：改為『四代之學』。
[二] 澤宮：後增『其實一也』。
[三] 之：改為『之于』。
[四] 其國學所以教子弟者如此：改為『是其國學之教子弟者如此』。

是為[其]鄉州小學制度之大概。

其教子弟也，四時不同業，各以時期而異。其所學[一]，春誦，夏絃，秋學禮，冬讀書。其就學年齡，八歲始入小學，使之知室家、長幼、灑掃、應對之節；二十而冠入大學，使之學先聖之禮樂，而知朝廷上下君臣之禮，七年小成，九年大成，始得入仕。蓋當時尚無專門之學[二]，士尚全才，以實才實學為務，上自智仁聖[三][義中和]之士，下至一技一才，無所不養。其朝夕所聞見而服習者，無一非當時治國之[四]道，故一旦擢備公卿、大夫、百執事之任，皆中其職。

## 第十章　諸子以前之文章[五]

各國文學之通例，必先韻文而後散文。中國上古之典籍，除《詩》、《書》外，殆絕跡[六]矣。至若《帝王世紀》所載之《擊壤歌》，《尚書大傳》之《卿雲歌》，皆稱唐虞時代所作，然用字著

[一] 所學：改為「課程」。
[二] 專門之學：改為「專門之學分科」。
[三] 仁聖：改為「聖仁」。
[四] 之：改為「要」。
[五] 修訂本改為第十一章。文章：改為「文學」。
[六] 殆絕跡：改為「蓋亦罕」。

筆，頗不類古，其為後人補作無疑。然觀[一]《舜典》曰『詩言志，歌永言，聲依永，律和聲』，則《擊壤》、《康衢》、《卿雲》諸歌，亦或當時有此歌謠，口誦傳播，後人始記之於文[字者。又]或[二]取古意，作新辭以補亾逸[者]，皆[三]未可知也。要之上古之詩歌，存於今而最確實者，即《商頌》五篇。此五篇者，皆為殷代之作，以四言句所成之神歌也。辭義皆嚴肅清駿[四]，禮[五]所謂商人駿發而嚴厲是也。周代詩歌之最美者，不一而足，如《三百篇》，概為是時之作，其句法篇幅，雖長短無定，大要以四言句為當時之體，而其詞之溫柔敦厚，要為周詩之特色[六]。

後世以詩立教，其意本此。周詩之美者，《三百篇》外，尚有岐陽《石鼓文》，論者以為宣王中興時所作，念悉不能讀，然於文學則有雄大之光者也[七]。

[一] 然觀：改為『觀於』。
[二] 或：改為『或收人』。
[三] 皆：改為『亦』。
[四] 清駿：改為『清俊』。
[五] 禮：改為『《禮記》』。
[六] 特色：改為『宗旨（《禮記・經解篇》：「溫柔敦厚，詩教也」）』。
[七] 雄大之光者也：後增『其他文武之世，後有鴝鸜鴿之童謠云（左昭二十五年傳）』。

## 第十一章　諸子以前學術之本原[一]

中國自古以來，即有鬼神五行之說。而用［各種］巫史卜祝之法以推測之，此其為學問宗教之根本，而[二]國家政治，則悉寄[三]禮樂［文物之間］。此等社會，［沿］自炎黃[四]，至周公而備[五]，至老子而破[六]。

所謂鬼神者，乃天神、地示、人鬼、物彪是也，周禮春官大宗伯掌之。古所云大蠟之禮、大禘之禮者，皆鬼神之事。此外於《左傳》見之。

鬼神位矣，世間之事，無一不若有鬼神主宰乎其間。於是立數術之法，以探鬼神之意，以察禍福之機。數術者，一天文，二歷譜，三五行，四蓍龜，五雜占，六形法，詳見《漢書·藝文志》。今由此六術，以證古人之事，往往相合。惟《漢志》所列之書，今多不傳，故其術亦無能通者。今之數術，雖原於古之數術，而不盡為古之數術也（今所傳卜筮星相等書，多非古數

[一] 修訂本改為第十二章。學術：改為「文學」。
[二] 而：改為「至於」。
[三] 寄：改為「寄於」。
[四] 炎黃：改為「炎黃流傳」。
[五] 備：改為「完備」。
[六] 破：改為「破壞」。

術之遺，惟《奇門遁甲》、《六壬》等，頗有精意[一]。

數術之說，徵諸《左傳》及古書[二]，述如下。

《左傳》：楚滅陳，晉侯問於史趙曰：『陳其遂亾乎？』對曰：『未也。歲在鶉火，是以卒滅。今在析木之津，猶得復出。』（昭八年）春正月，有星出於婺女，鄭裨竈曰：『七月戊子，晉君將死。』（昭十年）春，將禘於武公，梓慎望氣曰：『吾見赤黑之祲，非祭祥也，其在莅事乎？』（昭十五年）冬，有星孛於大辰西及漢。申須曰：『諸侯其有火災乎？』梓慎曰：『其宋、衛、陳、鄭乎？其丙子若，壬午作乎？』裨竈曰：『若我用瓘斝玉瓚，鄭必不火。』（昭十七年）春二月乙卯，周毛得殺毛伯過而代之。萇宏曰：『毛得必亾，是昆吾（夏伯也）稔之日也。』（昭十八年）春三月乙丑，日南至。梓慎望氛曰：『今茲宋有亂，國幾亾，三年而後弭。蔡有大喪。』（昭二十年）天王將鑄無射，泠州鳩曰：『王其將以心疾死乎？』（昭二十一年）夏五月乙未朔，日有食之。梓慎曰：『將水。』昭子曰：『旱也。』（昭二十四年）夏，吳伐越。史墨曰：『不及四十年，越其有吳乎？越得歲而吳伐之，必受其凶矣。』（昭三十二年）

右天文、歴譜、五行（天文、歴譜、五行三家之學，不甚可分，故列[之]為一類）。

[一] 頗有精義：改為『有精義存焉』。
[二] 古書：後增『尚可考見二三』。

《左傳》：初，懿氏卜妻陳[一]敬仲，其妻占之曰：『吉。是謂「鳳凰於飛，和鳴鏗鏘，有嬀之後，將育於姜，五世其昌，並為正卿，八世之後，莫之於京。」』周史有以《周易》見陳侯者，陳侯使筮之，遇觀之比，曰：『是謂觀國之光，利用賓於王。』（莊二十二年）初，畢萬筮仕於晉，遇屯之比。辛廖占之曰：『吉。公侯之卦也。公侯之子孫，必復其始。』（閔元年）成季之將生也，桓公使卜楚邱之父卜之，曰：『男也。其名曰友。間於兩社，為公室輔。』季氏亡則魯不昌，又筮之，遇大有之乾，曰：『同復於父，敬如居所。』（閔二年，又昭三十二年）秦伯伐晉，卜徒父筮之，曰：『吉。涉河，侯車敗。』詰之，對曰：『乃大吉也。三敗，必獲晉君。其卦遇蠱，曰「千乘三去。三去之餘，獲其雄狐。」』初晉獻公筮嫁伯姬於秦，遇歸妹之睽，史蘇占之曰：『不吉。其繇曰「士刲羊，亦無衁也；女承筐，亦無貺也。西鄰責言，不可償也。歸妹之睽，猶無相也。為雷為火，為嬴敗姬。車脫其輹，火焚其旗。不利行師，敗於宗邱。歸妹睽狐，寇張之弧。侄其從姑，六年其逋。逃歸其國，而棄其家。明年，其死於高梁之墟。」』（僖三五年）惠公之在梁也，梁伯妻之梁嬴。孕過期，卜招父與其子卜之，其子曰：『將生一男一女。』招曰：『然。男為人臣，女為人妾。』（僖十七年）晉將伐楚，公筮之，史曰：『吉。其卦遇復，曰「南國蹙，射其元，王中厥目。」』（成十六年）穆薑薨於東宮，始往而筮之，遇艮之六，史曰：『是謂艮之隨，隨其出也，君必速亡。』薑曰：「亾必死於

[一] 陳：原稿本漏，據修訂本補。

是，勿得出矣。」』（襄九年）鄭皇耳帥師侵衛，孫文子卜追之，獻兆於定姜。姜氏問繇曰：『兆如山陵，有夫出征，而喪其雄。』（襄十年）崔武子將娶棠姜，筮之，遇困之大過。陳文子曰：『妻不可娶也。其繇曰「困於石，據於蒺藜，入於其宮，不見其妻。凶。」』（襄二十五年）初穆子之生也，莊叔以《周易》筮之，遇明夷之謙，卜楚邱曰：『是將行（出奔也），而歸為子祀（奉祭祀也），以讒人入，其名曰牛。』卒以餒死。（昭五年）衛襄公夫人姜氏無子，孔成子夢康叔謂己立元，余使羈之孫圉，與史苟相之，史朝亦夢康叔謂己，餘將命而子苟與孔烝鉏（成子名）之曾孫圉相元。史朝見成子，告之夢，夢協，晉韓宣子為政，聘於諸侯之歲，始生子，命之曰元。孔成子以《周易》筮之，遇屯之比，史朝曰：『元亨。又何疑焉。』（昭七年）南蒯之將判也，枚筮之（不指其事，泛言吉凶），遇坤之比，子服惠伯曰：『忠信之事則可，不然必敗。』（昭公十二年）晉趙鞅卜救鄭，遇水適火，占諸史趙、史墨、史龜。史龜曰：『是謂瀋陽，可以興兵。利以伐姜，不利於商。』史墨曰：『水勝火，伐姜則可。』史趙曰：『救鄭則不吉，不知其他。』陽貨以《周易》筮之，遇泰之需，曰：『宋方吉，不可與也。』（哀九年）

右蓍龜（案卜筮分為二術。卜者龜也，《周禮》太卜掌三兆之法：一曰玉兆，二曰瓦兆，三曰原兆。其經兆之體，皆百有二十，其繇皆千有二百。蓋以火灼龜，觀其璺罅，各從其形似占之。所謂使某卜之其繇曰云云，皆卜也。筮者，蓍也，《周禮》筮人掌三易：一曰《連山》，二曰《歸藏》，三曰《周易》。其經卦皆八，其別皆六十有四。蓋用蓍草四十九枚，揲之成卦，以

《歸藏》也。所謂使其筮之，遇某卦之某卦云云，皆筮也。其不言《周易》者，皆《連山》、《歸藏》觀吉凶。

《左傳》：初晉穆公之夫人，以條（晉邑名，今山西安邑縣北）之役生太子，命之曰讎；其弟以千畝（晉邑名，今山西介休縣南）之戰生，命之曰成師。師服曰：『異哉。君之名子也，始兆亂矣。兄其替乎？』（桓二年）初內蛇與外蛇鬥於鄭南門中，內蛇死，六年而厲公入。申繻曰：『人之所忌，其氣焰以取之。妖由人興也。人無釁焉，妖不自作。人棄常，則妖興，故有妖。』（莊十五年）八月，甲午晉侯圍上陽（虢地名，今河南陝州東南），問於卜偃曰：『吾其濟乎？』對曰：『克之。』公曰：『何時？』對曰：『童謠云「丙之晨，龍尾伏辰，均服振振，取虢之旂，鶉之奔奔，天策焞焞，火中成軍」，虢公其奔，其九月、十月之交乎？丙子旦，日在尾，月在策，鶉火中，必是時也。』（僖五年）秋八月，辛卯，沙鹿（山名，今直隸元城縣境）崩，晉卜偃曰：『期年，將有大咎，幾亾國。』（僖十四年）晉侯夢與楚子搏，楚子伏己，而盬其[一]腦，子犯曰：『吉。吾得天，楚伏其罪。吾且柔之矣。』（僖二十八年）楚子玉自為瓊弁玉纓，未之服也。先戰，夢河神謂己曰：『畀[二]余，余賜汝孟諸（澤名，今河南歸德府治東境）之麋。』弗致也。大心與子西使榮黃諫，弗聽，出告二子曰：『非神敗令尹，令尹實自敗也。』（僖二十八年）趙嬰夢天使謂己：『祭余，余必福汝。』士貞伯曰：『神福善而禍淫，

[一] 其：原稿本作『而』，但缺最後一筆。文意不可解，據通行本改。

[二] 畀：原稿本缺下面一横，據通行本改。

淫而無罰，福也。祭其將亡乎？』祭之明日而亡。（成六年）晉侯夢大厲，被髮及地，搏膺而踴曰：『殺余孫不義，余得請於帝矣。』壞大門，及寢門而入。公懼，入於室。又壞戶，公覺。召桑田巫，巫言如夢。公曰：『何如？』曰：『不食新矣。』公疾病，求醫於秦，秦伯使醫緩為之。未至，公夢疾為二豎子，曰：『彼良醫也，懼傷我焉，逃之。』其一曰：『居肓之上，膏之下，若我何？』醫至，曰：『疾不可為也。在肓之上，膏之下，攻之不可，達之不及。藥不可為也。』六月丙午，晉侯欲麥，甸人獻麥，饋人為之。召桑田巫，示而殺之。將食，張，如廁，陷而卒。小臣有晨夢，負公登天。及日中，負晉侯者出諸廁，遂以為殉。（成十一年）初，聲伯夢涉洹（水名，今河南安陽縣北），或與己瓊瑰，食之，泣而為瓊瑰，盈其懷，從而歌之曰：『濟洹之水，贈我以瓊瑰，歸乎歸乎，瓊瑰盈吾懷乎？』懼不敢占也。三年占之，暮而卒。（成十七年）中行獻子將伐齊，夢與厲公（即為獻子所殺者）訟，弗勝。公以戈擊之，首隊於前，跪而戴之，奉之以走，見梗陽之巫皋。他日見諸道，與之言，同。巫曰：『今茲主必死。』（襄十八年）有鸜鵒來巢，師己曰：『異哉。吾聞文武之世，童謠有之曰：「鸜之鵒之，公出辱之，鸜鵒之羽，公在外野。往饋之馬，鸜鵒跦跦，公在乾侯，徵褰與襦。鸜鵒之巢，遠哉遙遙，稠父喪勞，宋父以驕。鸜鵒鸜鵒，往歌來哭。」童謠有是，今鸜鵒來巢，其將及乎？』（昭二十五年）十二月辛亥朔日，有食之。是夜也，趙簡子夢童子臝而轉以歌，占諸史墨曰：『吾夢如是，今而日食，何也？』對曰：『六年及，是月也。吳其入郢（楚都，今湖北江陵縣）乎？』終亦弗克。（昭三十一年）曹人或夢眾君子立於社宮，而謀亾曹，曹叔振鐸曰：『請待公孫彊為政。」許之。旦而求之曹，無之。戒其子曰：『我死，爾聞公孫彊為政，必去之。』（哀七年）衛侯夢於北宮，見人登昆吾之觀，被髮北面而噪曰：『登此昆吾之墟，緜緜生之瓜。余為渾良夫，叫天無辜。』衛侯貞卜，其繇曰：『如魚竀尾，衡流而方羊裔馬，大國滅之，將亡。闔門塞竇，乃自後踰。』（哀十七年）

右雜占。

《左傳》：王使內史叔服來會葬。公孫敖聞其能相人也，見其二子焉。叔服曰：『穀也食子，難也收子，穀也豐下，必有後於魯國。』（文元年）子上曰：『蠭目而豺聲，忍人也。』（文元年）《國語》：叔孫僑如方上而銳下，宜其觸冒人。（《周語》）《荀子》：古有姑布子卿，今之世，梁有唐舉，相人之形狀、顏色，而知其吉凶妖祥。（《非相篇》）並以相定人之善惡與禍福。

右形法（案此術盛於戰國）。

上古之學術，皆在鬼神數術範圍中。先有人鬼之說，後有天人之說，後有地示之說，後有物魃之說，皆以生人之理推之[而已]。厥後算術既明，創為律歷、天文諸事，漸可推量，乃創立法術，以測未來之事，而數術家興。

# 第十二章　舊説破而新説興[一]

春秋以前，鬼神數術之外無他學。春秋以後，鬼神數術之外，尚有他種學説。然[二]是時人事，已極進化，故鬼神數術之學，不足以牢籠一切。至春秋末，漸不信鬼神數術[三]，徵諸《左傳》，已有可以考見者。如子產曰：『天道遠，人道邇。非所及也，何以知之。』（昭十八年）仲幾曰：『辥徵於人，宋徵於鬼，宋罪大矣。』（定元年）自此以來，障蔽漸開。至老子出，遂一洗古人之面目而一空之。厥後九流百家，無不源之，後之人惟知有孔子而已，若老子則儒家斥之為異端也。不知孔子雖與老子殊異，然孔學之源，則出於老。故欲知孔子，當知老子；欲知老子，又當知老子以前天下[四]之學術若何。老子以前之學術明，而後老子之學識見，而後孔子之文學顯。不獨諸子百家，其持之有故，言之成理，皆有源流可考，脈絡可尋。即孔子以後二千年之文學，雖千枝萬端，而其同條共貫之處，無不明矣。

[一] 修訂本改為第十三章。説：均改為『文學』。
[二] 然：改為『蓋』。
[三] 數術：後增『矣』。
[四] 天下：改為『中國』。

# 第二編[一] 諸子時代之文學

## 第一章 總論

此編[二]稱諸子時代者，［總稱歷史上］春秋戰國之際至秦末[三]，凡五百七十餘年間之文學。分門別戶，各為流派[四]，互相辯難，以自新其文學。今追敍其變遷之跡，可分為三期。

第一期即春秋之際。當時周［室之］制［度，］雖已破壞，然古聖先王之遺範、軌轍猶[五]有存者。且當時列國之會同朝聘，使臣之通問，必善辭令，往往誦古詩以示意，而折沖於樽俎［之］間。故其文學，大之足以黼黻國家，小之亦為交際之具。如鄭子産之辭令，吳季子之

[一] 編：改為『篇』。
[二] 編：改為『篇』。
[三] 秦末：後增『也』。
[四] 流派：改為『派別』。
[五] 軌轍猶：改为『轨道辙迹』。

博雅，或以婉曲顯其才，或以明達見其長[一]。他如衛之蘧伯玉[二]，晉之趙孟、叔向[三]，齊之管仲、晏嬰之倫[四]，其文學皆有雍容揖讓之風。後有老子者出，謂天下之紊亂者，由於世綱日密，禮法度數之繁縟，乃創廢禮之說，以耸動[五]當時之人心，而歸向之者亦不少[六]，後世目之為道家。又有孔子者，歎世道之淩夷，綱紀之頹敗，想望文武周公之舊制，而一意傾向之[七]，欲振其[八]既廢之緒，周流天下，為一世之木鐸，以立千古儒教之基。後世目之為儒家。惟此二家，占中國學術[九]之勢力甚優。

第二期為戰國之際。此時期全為諸子流派所組織。齊魯之鄉多儒家，荊楚之地多道家。當是時，儒家有孟子、荀卿，一言仁義，一言禮樂，以[大]發[十]儒家之精華。道家則有莊周、列子，洸洋恣肆，馳騁己意，闡明虛無幽元之旨。其他有名法楊墨等，然當時之學說文辭，記載

[一] 見其長：后增『吕以周□明业，羽仪王国』。
[二] 蘧伯玉：改為『蘧瑗（語詳《論語》）』。
[三] 叔向：後增雙行小注『《左傳》』。
[四] 晏嬰之倫：後增雙行小注『詳見□外，管晏自有專書』。
[五] 耸動：改為『歆動』。
[六] 而歸向之者亦不少：改為『而嚮慕而主張其說者日益眾』。
[七] 而一意傾向之：改為『刪詩書，定禮樂，贊春秋，信而好古，述而不作』。
[八] 其：改為『老子』。
[九] 學術：改為『文學』。
[十] 發：改為『發揮』。

於文學史上而有價值者，又豈獨九流百家為然哉。蓋此時文學，雜駁爛漫，已達極點[一]矣。

第三期為秦代之文學。其可觀者，不過泰山瑯琊之刻石文耳。因秦代於文學大相反對[二]，其焚書坑儒，並欲殄滅文學之種子。後世所謂先秦之文學者，即第二期之文學也。若論秦代，可謂「之不獨」滅「六國，並滅六國之」文學[三]。

## 第二章　老子之道[四]

老子之書，於今具在。討其義蘊，則以申明鬼神數術之誤為宗旨。萬物芸芸，各歸其根，歸根則靜，是為復命。是知鬼神之情狀，不可以人理推，而一切禱祀之說破矣。有物渾成，先天地生，則知天地山川五行百物之非原質，不足以明天人之故，而占驗之說廢矣。禍兮福所倚，福兮禍所伏，則知福禍純乎人事，非能有前定之者，而天命之說破矣。鬼神五行前定之說既破，而後昌言天地不仁，以萬物為芻狗；聖人不仁，以百姓為芻狗。則凡閟宮、清廟、明堂、辟雍

[一] 已達極點：改為「已臻於極止」。
[二] 因秦代於文學大相反對：改為「因秦代禁詩書，于古代文學大相反對」。
[三] 文學：後增「者也」。
[四] 道：改為「文學」。

之制，衣裳、鐘鼓、揖讓、升降之文，自不待言而悉破矣。然老子有破舊說[一]之功，而實生新說[二]之弊。故雖為九流之初祖，而其學說與政論，所以矯前代之失者，不免矯枉過正[三]。是以老子之書，可以備一家之哲學，而不可為千古之國教。此中正和平，所以獨歸[四]孔子也。

## 第三章　孔子之道[五]

自上古至春秋，為鬼神數術之世[六]代。乃合蚩尤之鬼道，與黃帝之陰陽以成之。蓋三苗信鬼，乃最初[七]之思想。及黃帝明歷律，爰有數術，似較鬼神為進化矣。厥後乃合三派而用之[八]，至老子而變革之，遂為當時文學界中一大敵[九]。書成身隱，所以避禍，亦未可

[一]說：改為「文學」。
[二]說：改為「文學」。
[三]矯枉過正：改為「有矯枉過正之失」。
[四]歸：改為「崇」。
[五]道：改為「文學」。
[六]世：改為「時」。
[七]最初：後增「生民」。
[八]用之：後增「所謂鬼神、數術是也」。
[九]敵：改為「讎敵」。

知[一]。孔子者，學於老子，知老子之教理太[二]高，必與社會不適。於是去其太甚，而留其近似。故鬼神之說，則滅之（《論語》：『未知生，焉知死』），數術之說則存之（《論語》：『不知命，無以為君子』）。然孔子之立言雖如此，而當時多數[之]學者，與社會之風俗習慣，猶不能改。故墨子出，乃排數術（《墨子》有《非命》篇），[而]崇鬼神（《墨子》有《明鬼》篇）。而戰國之學風，由是遂為所[三]轉移矣。

## 第四章 墨子之道[四]

墨子之學，與老子、孔子同出於周之史官，而其說與孔子相反。今觀其書，[所言]惟修身親士，與孔子同。其他[五]則孔子親親，墨子尚賢；孔子差等，墨子兼愛；孔子繁禮，墨子節用；孔子重喪，墨子節葬；孔子統天（《春秋》稱以元統天，《文言》言先天而天弗為，後天而奉天時[六]），墨子天志；孔子遠鬼（《論語》敬鬼神而遠之），墨子明鬼；孔子正樂，墨子非樂；孔

[一] 亦未可知：改為「或以是□」。
[二] 太：改為「過」。
[三] 為所：改為「為墨子所」。
[四] 道：改為「文學」。
[五] 他：改為「餘」。
[六] 奉天時：後增「皆後天之說也」。

子知命（《論語》：道之將行也與，命也；道之將廢也與，命也），墨子非命；孔子尊仁，墨子貴義，殆無一不與孔子相反。而其所以然之故，則鬼神數術之說為之也。孔子言無鬼神，故重喪禮。儒家以君父為至尊無上之人，以人死為一往不返之事（無鬼神則身死而神亦死矣），以至尊無上之人，當一往莫返之事，而孝又為政教全體之主[一]綱，喪禮烏得不重。墨子既欲節葬，必先明鬼神（有鬼神則身死猶有不死者存，故喪可從殺。天下有鬼神之教，如佛教、耶教、回教，其喪禮無不簡略者）。既設[二]鬼神，則宗教因之而[大]異。則生之時暫，不生之時長，肉體不足計，五倫非所重，而平等兼愛之義伸，異乎儒者之明倫。其他種種異義，皆由此起，而孔墨遂成相反之教焉[三]。

## 第五章　三家[四]總論

老孔墨三大文學，起於春秋之末，可謂中國文學史上之特色也。其後老子之學不傳，後世

[一] 主：改為「大」。
[二] 設：改為「有」。
[三] 焉：後增「至於莊周《天下篇》，敍述墨翟、禽骨釐之學，則墨事（墨翟弟子）、墨利（相裹勤以下諸人）、墨言（禹湮決水以下之）、墨經（苦獲、己齒、鄧陵子屬，皆誦墨經□□），具有經律條貫，學者專一，觀以見焉」。
[四] 三家：改為「老孔墨三家」。

所謂道家，乃神仙家，方士之伎倆[一]，非老子之本真[二]也。蓋老子，於鬼神、數術一切不取[者也]，其立論過高，非社會多數之人所能解，故其教不[能]盛行。孔子留數術而去鬼神，似[三]較老子為近人情矣，然仍與下流社會不合，故其教只行於上等人，而中流以下之人，則不能知孔子焉。墨子留鬼神而去數術，似較孔子更合於社會情形[四]矣。然有天志之說，而不言天堂之福，有明鬼之論，而不言地獄之罪。是人之從墨子者，苦身焦思而無報；違墨子者，放僻邪侈而無所懲也。故上下之人均不樂之，而其教遂亡[五]（佛教兼老墨之長，故盛行中國[六]）。孔子之教，藉國家之力，成為國教，故自漢武以至於今不廢。

## 第六章　老孔墨演為九家

儒家者流，蓋出於司徒之官，助人君順陰陽、明教化也。游文於六經之中，留意於五德之

[一] 伎倆：改為「所託言」。
[二] 本真：改為「真相」。
[三] 似：改為「又」。
[四] 情形：改為「情狀」。
[五] 亡：後增「蓋自漢來無傳焉」。
[六] 盛行中國：改為「盛行於中國，以合乎中國人之心理也」。

際。祖述堯舜，憲章文武，宗師仲尼，其道最為高。而[一]孟子、荀卿為其[二]鉅子。孟軻之文學，詳《孟子》七篇。書中痛斥楊墨，以昌明儒學為己任。所道者性善，所守者先王。知言養氣，其致力之方，仁義其致力之術。荀卿之文學，見於《荀子》書中，詳言禮樂。所論者性惡，所法者後王，與孟子小異而大同[三]。

道家者流，蓋出於史官。清虛以自守，卑弱以自持，此君人南面之術，合於堯之克讓，《易》之謙謙，是其所長也[四]。楊朱、莊周、列御寇為其鉅子。楊朱之書惜不傳，今可考見者，惟[五]《列子》篇中[有]《楊朱》一篇[六]，足以見其文[章]學[術]耳。莊周之文學，詳《莊子》[一書]。其學術之宗旨，則一生死，離是非。其文縱橫，其說元妙，學者難喻之[七]。列御寇之文學，詳《列子》[一書]。其八篇大旨，謂羣有以至虛為宗，萬品以終滅為驗。其文則亦[八]寓言

---

[一] 而：改為「此班氏《藝文志》之說也。當時」。
[二] 其：改為「儒家」。
[三] 大同：後增「均以教育為己任者也（孟言性善，故人人可教育，而使為堯舜；荀言性惡，故人人宜教育，而使之為堯舜）」。
[四] 是其所長也：後增「此班氏《藝文志》之說也。此□」。
[五] 惟：後增「《孟子》書中楊子為我拔一毛而利天下不為」。
[六] 一篇：後增「所載……」
[七] 喻之：後增「而□□之」。
[八] 其文則亦：改為「其文如蕉鹿聽夢，則亦以」。

為多。

陰陽家者流，蓋出於羲和之官。敬順昊天，敬授民時，此其所長也。[一]此派鄒衍倡之。衍觀陰陽消息，作《終始》、《大聖》之篇，十餘萬言。其語閎大不經，必先驗小物，推而遠之，但歸其要，必於仁義。騶奭者，齊諸騶子，亦頗采騶衍之術，紀之於文。奭與衍為一家言[二]。

法家者流，蓋出於理官。信賞必罰，以輔禮制，《易》曰『先王以明罰飭法』，此其所長也[三]。其學原於李悝，悝集諸國刑書，著《法經》六篇。至申不害出而說『術』。術者君所以使吏，惜其書今不傳[四]。後有商鞅者，出而說『法』。法者，吏所以治民。其文學詳於《商君書》，言王者刑九賞一，謂禮樂、詩書、修善、孝弟、誠信、貞廉、仁義、非兵、羞戰[五]，國有十二者，必貧至削。彼不計勢之必窮，而狃於說之易售。觀其治秦，可以知法家之流弊矣。

[一] 此其所長也：後增一段文字：『此班氏《藝文志》之說也。而章氏學誠曾駁之，謂：「此乃數術曆譜之敘例，於衍奭諸家何涉？因為之擬其詞。今為陰陽諸家作敘例當云：陰陽家者流，其源蓋出於《易》。《易大傳》曰『一陰一陽謂之道』，又曰『易有太極，是生兩儀』，此天地陰陽之所由□也。星曆司于保章，卜筮存乎管守，聖人因事而明道，於是為之演易而□系辭。後世官司失守，而聖教不得其傳，則有談天雕龍之說，破碎支離，去道愈遠，是其弊也。」其說頗足救班志之失。』

[二] 為一家言：後增『班志陰陽家《公檮生終始》十四篇注雲（班固自注），公檮「傳鄒奭終始書」。則鄒奭學蓋傳自公檮生也。』

[三] 所長也：後增『此班氏《藝文志》之說也』。

[四] 不傳：後增『荀卿子曰：「申子□于勢……」』

[五] 羞戰：當為『休戰』之誤。

又有韓非者，喜刑名之學，嘗曰：『商鞅為法而無術，申子有術而無法。法者，吏之所施也；術者，君之所執也。此不可一無，皆帝王之具也。非之學得於老子，假其虛靜之說，以神法術之用。蔑仁義，厲刑名，與李斯俱事荀卿。斯自以為不如。非見韓之削弱，數以書干韓王。韓王不用，於是韓非作《孤憤》、《五蠹》、《內外儲》、《說難》五十五篇。

名家者流，蓋出於禮官。古者名位不同，禮亦異數。孔子曰『必也正乎名，名不正則言不順，則事不成』，此其所長也[一]。其於鄭之鄧析，至公孫龍、惠施之徒，持『堅白』、『異同』之辯，名[二]學乃大明。公孫龍之書，大旨欲綜核名實，而其文詼詭，務為博辯。惠施之書不傳，其散見於諸子者，頗足徵其文學，惜後人效之，往往流於詭辯一派耳[三]。

墨家者流，蓋出於清廟之守。茅屋采椽，是以貴儉；養三老五更，是以兼愛；選士大射，是以尚賢；宗祀嚴父，是以明鬼，此其所長也[四]。禽滑厘為其鉅子。今以[五]《墨子》書[中考之，]知與墨子言攻守之法者為多[六]。

縱橫家者流，蓋出於行人之官。孔子曰『使於四方，不辱君命』，又曰『誦詩三百，不能

---

[一] 所長也：後增『此班氏《藝文志》之說也。派』。
[二] 名：改為『其』。
[三] 一派耳：後增『章氏學誠謂名家之書當敘于法家□□。蓋名家謂其理，而法家又……亦足以補班氏之闕』。
[四] 所長也：後增『此班氏《藝文志》之說也』。
[五] 以：改為『考』。
[六] 為多：後增『則墨子蓋兼眾長者，宜其為老學、孔學之敵歟』。

專對』，又曰『使乎使乎』，言其當權受制，宜受命而不受辭，此其所長也[一]。倡於《鬼谷子》（此書《唐志》以爲蘇秦撰，今並不傳。或謂其名爲王詡），專尚權謀，而盛於蘇秦、張儀。

雜家者流，蓋出於議官，兼儒墨，合名法，知國體之有此，見王制無不貫之，此其所長也[二]。及始於尸子，尸子名佼，晉人也，秦相衛鞅之客。商君謀事計畫，立法理民，未嘗不與佼規。商君被刑，佼恐受誅，乃亾入蜀。其文學詳於《尸子》。[三]

農家者流，蓋出於農稷之官。播五穀，勸耕桑，以足衣食，故『八政』一曰食，二曰貨，此其所長也。此家之鉅子爲許行。許行並耕之說，有合於近世共產主義，蓋深明於社會之學者也。惜爲孟子辭而辟之，而其學說不傳耳。

# 第七章　諸家之派別

先秦之學，既稱極盛，而其派[四]千條萬緒。既如上所述矣，求之古籍，所載最詳者爲《藝

[一]所長也：後增「此班氏《藝文志》之說也」。

[二]所長也：後增「此班氏《藝文志》之說也」。

[三]《尸子》：後增一段：「章氏學誠謂：『既云商鞅師之，想亦法家之言。尸子非爲法者，則商鞅師其何術，亦當諱而著之。今不置一說，□以雜家，恐有誤也。』」之後另起一行：「又班志雜家又有《蚊子》三十二篇，注云『好議兵似司馬法』，章氏謂其『何不入兵家之書』。（《文史通義》）……足補偏者。」

[四]派：改爲「派別」。

文志》。其所本者，劉歆《七略》也，其《諸子略》所載凡十家：一儒家，二道家，三陰陽家，四法家，五名家，六墨家，七縱横家，八雜家，九農家，十小説家。

又《史記·太史公自序》述其父司馬談《論六家要指》，凡六家：一陰陽家，二儒家，三墨家，四名家，五法家，六道德家。

諸子書中論學派者，以《荀子》之《非十二子》篇，與《莊子》之《天下》篇為最詳。《荀子》所論凡六説十二家：一它囂、魏牟，二陳仲、史鰌，三墨翟、宋鈃，四慎到、田駢，五惠施、鄧析，六子思、孟軻。

《莊子》所論凡五家，並己而六：一墨翟、禽滑釐，二宋鈃、尹文，三彭蒙、田駢、慎到，四關尹、老聃，五莊周，六惠施。

以上四篇，皆專論學派者也。其他各書[一]論及者[亦不少]。《孟子》則以楊墨並舉，又以儒墨楊並舉，《韓非子·顯學》篇，則以儒墨並舉，又以儒墨楊並舉，《史記》則以老子韓非合傳，而孟子荀卿傳中，附論騶忌、騶衍、淳于髠、慎到、環淵、接子、田駢、騶奭、公孫龍、劇子、李悝、尸子、長盧、籲子，以及墨翟焉。

四篇之論，《荀子》最為雜亂，以老子、楊朱之學，如此其盛，何以略焉？子思、孟軻，本與荀卿同源，何為強辭排斥之？若《藝文志》，既列儒家於九流，何以別著《六藝略》？縱横家

[一] 各書：後增『亦有』。

毫無哲理，小說家不過文詞，雜家豈有家數之可言，凡此皆不合論理者也。農既列為一家，則如孫吳之兵、計然白圭之商、扁鵲之醫，亦當別為一派。今於《諸子略》之外，別有《兵家略》、《方技略》，於義未為完也。又《諸子略》之陰陽家，與《數術略》界限不明，故劉班所定[一]，亦有未安。惟《莊子》所論，推重儒墨老三家，頗能挈當時學派之大綱耳。

當時所稱極盛者，不徒哲理、政法諸學而已，即專門[實際]之學，亦多起乎其間。其一曰醫學，最名家者[二]扁鵲，其術能見五臟癥結，是[三]全體之學精也；能割皮解肌，訣脈結筋，搦髓腦，揲荒爪幕，湔浣腸胃，則解剖之學明也。其二曰天算，《周髀算經》、《九章算術》，亦衍[四]於戰國，是知算術之學也；《管子》有《地員》篇，是知地圓之理也；緯書言地有四斿，是知地動之道也。其三曰兵學，《孫武子》一書，固備兵學之精神，即《吳子》、《司馬法》，亦於兵事有淵源者。其四曰理財學，計然之策七，范蠡用其五於越而霸；白圭樂觀時變，嘗曰：『吾之治生也，人棄我取。[五]』此外則史學亦於此時成一家言，太史公稱『左丘失明，厥有《國語》』，故其內傳、外傳，至今為史家所祖述；又《漢志》有《鐸氏春秋》，楚人鐸椒之書也，

[一] 故劉班所定：改為『大抵劉略所定』。
[二] 者：後增『為』。
[三] 是：改為『則』。
[四] 衍：改為『演』。
[五] 人棄我取：後增『皆明于理財方』。

有《虞氏春秋》，趙人虞卿之書也，惜其書今佚，僅存其目[一]。當時文學亦因學術之發達而益光昌，屈平、宋玉之專門辭賦固也[二]。即[三]老墨孟荀莊列商韓輩，論其詞章，亦皆千古之大文豪也。

# 第八章　先秦文學之評議

凡一國文學之昌明，恒視其國民思想之發達。中國國民之思想，於先秦時期最優勝，故此時代之文學，大[四]有可觀。試述其優長者四端。

一在國家思想之發達也。自管子以國家主義宣導國民，其繼起者，率以建國為要義。而羣書所爭辯者，大抵皆政治之談。雖老孔墨商，宗旨絕異，而所言要皆治國之道也（絕無宗教迷信之說）。中國民族之所以能立國數千年，保持固有之文學者，皆此思想為之也。

二在生計問題之昌明[五]也。當是時也，管子有輕重、乘馬之篇，孟子有井田、徹助之制，墨翟有務本、節用之訓，荀卿有養欲、給求之論，李悝有盡地力之策，白圭有觀時[六]之言，商

[一] 目：後增「耳」。
[二] 當時文學……固也：改為「屈平、宋玉之辭賦，當時特開一派。蓋戰代文學，亦因學術之發達而益光昌固也」。
[三] 即：改為「故」。
[四] 大：改為「頗」。
[五] 昌明：改為「研究」。
[六] 時：改為「時變」。

鞅有開墾之令，許行有並耕之說，是即先富後教之旨[一]也。

三在世界主義之光大也。中國諸家，無論其宗旨不同，而治國以外，必言及天下。如孔學之大同太平，墨學之禁攻寢兵，老學之抱一為式，鄒衍之終始五德[二]，皆世界觀念之言也。故其文學之範圍大。

四在家數之繁多也。文學以競爭而進步[三]，中國六家九流、諸子百氏，其分門別戶，立說[四]各不相同。要皆持之有故、言之成理[五]，故文學以競爭而發達。

先秦學術，固為中國最昌盛之時期，然亦有缺點者，試言之。

一在論理之學缺[乏]。中國之論理學，雖有鄧析、惠施、公孫龍等名家言，然往往流於[六]詭辯，不能持故成理[七]。即如墨子《大取》、《小取》等篇，[最為著者，]亦不能成特種科學。

[一] 先富後教之旨：改為「儒家富民之旨亦不相背」。
[二] 五德：後增「班志云公檮傳騶奭《終始書傳》，餘有……子十三篇、將鉅子五篇、南公三十一篇，皆言終始五德之途」。
[三] 進步：後增「公例也」。
[四] 立說：改為「立說雖」。
[五] 理：後增「者」。
[六] 往往流於：改為「堅白異同，漸流」。
[七] 不能持故成理：改為「此其失也」。

故文學不能光大也[一]。

二在物理之學不精[二]。中國大學，雖著格物一目，然有錄無書（格物之說，有五十餘家之不同）。百家之言雖繁，而及此者蓋寡。其間惟墨子剖析頗精，但當時傳者既微[三]，秦漢以後益復中絕。故文學蹈於空疎也。

三在門戶之見太深。大凡辯難愈多，真理愈明。當時孟子之距楊墨，輒曰「無父無君」，墨子之非儒，則言其「陳蔡烹豚」，荀子之非十二子，動斥人為「賤儒」，指其無廉恥而嗜飲食，而於真理則絕不言及[四]。此亦文學上一障礙也。

四在保守之念[太]重。試讀《漢書・藝文志》，其號稱黃帝、容成、歧伯、風后、力牧、伊尹、孔甲、太公所著書，不下百數十種，謂皆戰國時人所依託，是以依傍古人為重，而不以發明為念。於[五]文學之進境，亦大有阻力也。

---

[一] 光大也：後增一長段文字：「尹文子以方圓異同為命物之名，以善惡貴賤為毀譽之名，以賢愚愛憎為況謂之名，界說較明。章氏學誠，名家言□過大率綜括，毀譽整齊，況謂所謂循名責實也。章氏又言命物之名，其源實本於《爾雅》，後世註解家言，辨名正物蓋出名家之類別也。其說甚能。惜不□如西國論理學之分明，有裨於他門學也。」

[二] 不精：改為「不疎」。

[三] 微：後增「曰在中經上等篇，又有殘散之篇」。

[四] 絕不言及：改為「無有相發明之效」。

[五] 於：改為「是於」。

五在法家之說[太]嚴。先賢往往守一先生之說，不敢出入，稍有異議，則目之曰背師。以故儒分為八，墨分為三，不聞有獨樹一幟，表著於後世，以開一新學派者。可知篤守成說，謹守家數，亦為限制文學之一大原因[一]。

## 第九章　諸子之文章[二]

溯夫周秦學術，孔老角立，墨亦大宗，後學繁衍，三家為多，餘子皆其支裔[三]。儒術顯於後葉，百世不祧，而《戴記》傳禮，猶采諸子，如《坊記》、《表記》、《淄衣》，采之《公孫龍子》，《中庸》采之《子思子》，《三年問》采之《荀子》，正《班志》所謂『游文六藝之中，留意仁義之際，於道最為高[四]』者也。然劉勰曰：『伯陽識禮而仲尼訪問，爰序《道德》，以冠百氏。』則猶龍之資，信不誣也。至百氏之文辭，則彥和論之詳矣。《文心雕龍》云：『孟荀所述，理懿而辭雅；管晏屬篇，事核而言練。列禦寇之書，氣偉而采奇；鄒子之說，心奢而辭壯。墨翟、隨巢，意顯而語質；尸佼、尉繚，術通而文鈍。鶡冠緜緜，亟發深言，鬼谷眇眇，每環奧義。

[一] 原因：後增『論一家之學，則可當守家數；論人群進化之道，則不當守一家之言』。
[二] 文章：改為『文學』。
[三] 後學繁衍，三家為多，餘子皆其支裔：改為『三家推衍，支裔紛雜，惟』。
[四] 最為高：改為『為最高』。

情辨以澤，文子擅其能；辭約而精，尹文得其要（劉向《別錄》：尹文子學於莊老，其書自道以至名，自名以至法，以名為根，以法為柄）。慎到析密理之巧，韓非著博喻之富。呂氏鑒遠體周，公孫辭巧理拙。』以上所言，皆約旨以定其宗，片言而提其要。論諸子之文章，無有如彥和之精約者矣。

## 第十章　孔子之六經

中國[一]所言六經，其界說甚繁。有古代之六經（伏羲六十四卦，夏《連山》，商《歸藏》，易類也；言為《尚書》，動為《春秋》，故唐、虞、夏、殷，咸有《尚書》，而古代史書，復有『三墳五典』，書類、春秋類也；謠諺始於太古，虞夏咸有采詩之官，詩類也；樂始葛天，而伏羲、神農，咸有樂名，黃帝復發明之，樂類也；唐虞時，以天、地、人為三禮，以吉、凶、軍、賓、嘉為五禮，夏殷咸有損益，禮類也）。有西周之六經（文王治易，是謂《周易》；周公制禮，是謂《周禮》。《詩》則雅、頌、南、豳，皆出於周公。《書》與《春秋》，則太史、外史掌之。章實齋曰『六經皆周公舊典』，足證孔子以前，久有六經矣）。惟至孔子刪訂纂修[二]，六經悉為所手定。自孔子以後，至[於]今悉宗之。故後世[之]所謂六經者，乃孔子之學也。

[一] 中國：改為『六經，大文也。儒者』。
[二] 刪訂纂修：改為『刪定贊修』。

孔子六經之學，蓋得諸史官。《周易》、《春秋》，得之魯史（觀《左傳·昭二年》知《易》與《春秋》，皆掌於魯太史），詩篇得諸遠祖正考父（《商頌·小序》），禮得諸老聃，樂得諸萇宏（《禮記》及《史記》），觀百二十國寶書與周史（杜預《春秋左傳[傳][一]集解·自序》）。及退後居魯，作十翼（鄭元以十翼為上象下象、上象下象、上下係詞、文言、說卦、序卦、雜卦），以贊《周易》；敘列《尚書》，定為百篇；刪殷周之詩，定為三百十一篇（以上用《史記·孔子世家》說）。《樂》則自衛反魯，雅頌得所（《論語》）；又觀三代損益之禮，從《周禮》而黜夏殷（本《論語》、《中庸》注及《史記·孔子世家》）；及西狩獲麟，乃編列魯國十二公之行事，作為《春秋》（《史記·孔子世家》）。自是周室未修之六經，易為孔門編定之六經矣。述其概如左。

一《易》。包犧始畫八卦，因而重之為六十四卦，文王作卦辭，周公作爻辭，孔子作彖辭、象辭、說卦、序卦、雜卦，是為十翼，以授魯商瞿子木。凡《易》十二篇。

二《書》。《書》本[二]王之號令，右史所記。孔子刪訂[三]斷自唐虞，下迄秦穆，典謨訓誥誓命之文，凡百篇而為之序。及秦禁學，孔子之孫惠壁藏之。凡《書》二十九篇。

三《詩》。詩者，所以言志，吟詠性情，以諷其上者也。古有采詩之官，王者巡守，則陳詩以觀民風。知得失，自考證，厚人倫，美教化，莫近乎詩，是以孔子最先刪之。既取周詩，上兼商頌，以授子夏。凡三百十一篇。

[一]『傳』字为原稿本衍，當删。
[二]本：改為『本為』。
[三]訂：改為『書』。

四《禮》。帝王質文，世有損益。至於周公，復為之制，故曰『經禮三百，威儀三千』。及周之衰，諸侯始僭，惡其害己，滅去其籍，自孔子時而不具矣。孔子反魯，乃始刪定[一]。值[二]戰國交爭，秦民[三]焚坑，[惟]禮經崩壞為甚[四]。今所存者，惟《儀禮》[至]為可信，《周禮》、《禮記》，皆漢人所掇拾耳。凡《禮經》十七篇。

五《樂》。自黃帝下至三代，樂各有名。孔子曰：『安上治民，莫善於禮；移風易俗，莫善於樂。』二者相與並行，周衰俱壞。孔子反魯，而後樂正。然樂以音律為節，尤為微眇，又為鄭衛所亂，故無遺法。

六《春秋》。古之王者，必有史官，君舉必書，所以慎言行、昭法式也。諸侯亦有國史，《春秋》即魯之史記也。孔子應聘不遇，自衛而歸，西狩獲麟，傷其虛應，乃因魯舊史而作《春秋》。上述春秋[五]遺制，下明將來之[六]法，勒成[七]十二公之經[八]，以授子夏。凡《春秋》十二篇。

---

[一] 刪定：改為『訂定』。
[二] 值：改為『經』。
[三] 秦民：改為『秦皇』。
[四] 為甚：改為『為尤甚焉』。
[五] 春秋：改為『當代』。
[六] 之：改為『成』。
[七] 勒成：改為『紀』。
[八] 經：改為『事』。

# 第十一章　儒學[一]之勢力

當晚周時諸家紛起，一時文化[為之]大振。期間道最正，教最盛，垂諸天下後世，開三千年來文學之源者，獨一孔子。孔子弟子三千人，通六藝者七十子之徒，散游諸侯之間，大者為師傅卿相，小者為士大夫友以傳其教。子路居衛，子張居陳，澹臺子羽居楚，子夏居西河，子貢居齊，田子方、段幹木、吳起，皆受業子夏之徒，而為王者[之]師。戰國紛爭，干戈相踵，七國惟急於富強之術，講縱横之策[二]，厭儒者迂遠不用。而齊魯之間，學者守[三]道不變，孔子之道益盛[四]。孟子、荀卿，各尊孔子以潤色其説[五]為當世宗，孟子以仁義王道遊説諸王之間，毅然有廓清天下之概，其説不容於當世，遂使王道[六]不明[七]。六國□於秦[八]，開近二千年

[一] 儒學：改為「儒家文學」。
[二] 策：後增「説戰陣」。
[三] 守：改為「仍守」。
[四] 益盛：改為「日益盛」。
[五] 潤色其説：改為「守其學」。
[六] 王道：改為「王政」。
[七] 不明：後增「異端群起」。
[八] 六國□於秦：改為「迨六國並于秦」。

來專制之政體，為千古恨事[一]。幸孟子之後，鄒魯儒生，尚[盛]奉孔孟之教，固守不屈，抗秦王[二]之霸政，唱堯舜之王道，可謂儒學之功臣[三]哉。

## 第十二章　秦代焚書坑儒

六經之學，為儒教之精髓。師弟相傳不絕。中隔秦火，而儒學大厄。即諸子百氏，亦遭浩劫焉。蓋秦亾六國，統一天下，以君主之威力，壓服學者之清議，剝奪言論之自由，殄滅世界[四]之文明。蹂之以武力，梏之以法制，此文學之一大厄也。時值周末[五]，諸子百家四分五裂，莫相統一，而本仁義述文武之儒教[六]，最不容於專制政體[七]，是故焚書坑儒。凡言論學術，有礙於專制者，要之以嚴罰[八]，故合學術者[一]，悉壓[二]服於專制之下，論政治者，亦挫折於君

---

[一] 為千古恨事：改為『而文學遂無進化之可□』。
[二] 王：改為『皇』。
[三] 可謂儒學之功臣：改為『逮至秦楚之際，猶有魯諸生抱祭冠之事，儒學之勢力為何如』。
[四] 世界：改為『古代』。
[五] 週末：後增『官司太守學散四方』。
[六] 教：改為『者』。
[七] 政體：後增『之下』。
[八] 嚴罰：後增『峻法』。

主之威。而專制政體始立[於此矣]，於是[三]學者反抗之力愈微。社會之狀，為之大變，一統之制，因而大成[四]。而儒者遂隱而不見，儒學亦微而不顯。

秦[本]以武立國[五]，六國異趨。厥初穆公任武士而霸西戎，及孝公用商鞅，定法令，尚首功，務使一國之大權，悉歸於朝廷，而絕無敦文教、尚學術之舉。惟呂不韋感於魏信陵、趙平原養士之風，招致賓客，成《呂覽》六論十二紀二十餘萬言，於天地萬物古今之事，號為明備。而荀卿門人李斯者，由舍人進用，方始皇稱帝，博士七十人議政。始皇將從博士議，斯知始皇意在專制[六]，百家之說有害於治安，於是建議非史官秦紀，及博士官所職，有藏詩書百家語者，悉詣守尉雜燒之；偶語詩書者棄市，以古非今者族，吏見之不舉，與之同罪；令下三十日不燒，黥為城旦；所不燒者，醫藥、卜筮、種樹之書耳。[七]若學法令，則以吏為師。有侯生、盧生者，始皇之所尊寵也，相與譏議而去，始皇大怒，乃廉問犯禁四百六十餘人，一舉坑之。於是學士無言論之自由[，政治有確立之專制]矣。

---

[一] 故合學術者：改為『故承學』。
[二] 壓：改為『蜷』。
[三] 於是：改為『厥後』。
[四] 大成：改為『垂成』。
[五] 立國：後增『遠交近攻』。
[六] 在專制：改為『乃謂』。
[七] 耳：後增『故伏羲、神農之書，後世當有存者』。

# 第十三章　秦改定新文字

李斯變史籀大篆而為小篆，程邈又作隸書，而為楷書之祖，誠文字界一大變革哉。當始皇時，李斯作《倉頡篇》，趙高作《爰歷篇》，胡母敬作《博學篇》，皆取史氏[一]大篆，稍省其字形，改其字體而為之。由是中國最簡之字體立，頗有功於文學界者也[二]。

---

[一] 史氏：改為「史籀」。

[二] 者也：改為「然學者欲求小學，則愈形困難矣」。

# 第三編[一] 漢代之文學

## 第一章 總論

漢承秦焚坑之後，更經楚漢之戰，圖書散亾，學士絕跡，而魯儒傳周末之學。陳涉稱王，僅一歲耳，學者怨秦，負禮器而奔之，猶存儒學於一線。及高祖逐鹿中原，不藉儒生尺寸之力，[故]曰：『乃公以馬上得天下，安事詩書？』後為叔孫通講王者之禮，始識政治莫急於興學，然終帝世，未嘗重用文學。至孝惠始除挾書之令，以公卿皆出武臣，未知文事也。孝文採周末之學，時尚黃老刑名；孝景繼起，稍興文教，惜偏重法術，文學未盛；殆至孝武，招賢良方正文學之士，董仲舒[二]、公孫宏[三]，以布衣擢丞相，由是世人始知重學[四]。是時開獻書之路，

[一] 編：改為『篇』。
[二] 董仲舒：前增『時有』。
[三] 公孫宏：後增『者』。宏，本作『弘』，避乾隆諱。
[四] 學：改為『文學』。

書，乃求天下遺書，置寫書之官。六經百氏之著述，充塞秘府。成帝時[一]，秘藏之書頗散失，乃求天下遺書，詔劉向校經傳、諸子、詩賦，任宏校兵書，尹咸校數術，李柱國校方技，每一書成，劉向條其篇目，採其指意，錄而奏之。及向歿，哀帝使其子歆繼父業。歆總羣書而著《七略》，輯六藝、諸子、詩賦、兵書、數術、方伎，凡三萬三千九十卷。逮王莽之亂，又付劫灰。光武中興，篤尚文學。明帝繼武，重經術，招學士，四方負書而至者，項背相望。於是石室、蘭臺，經籍充牣，又開東觀、仁壽，庋藏新書，命班固、傅毅等典之。班固以歆之《七略》分部，編為《漢書・藝文志》，誠壯觀也[二]。降及漢季，董卓遷都，吏民擾亂，圖書縑帛，盡為武人所取，甚至以為帷囊。後王充收圖書而西，車載十乘，以道路艱難，而舍其半。時圖書已散亾，其所餘者，又經長安之亂，焚蕩大半，而文學大受其影響[三]矣。

漢世於嬴秦焚坑之餘，而傳[四]晚周之學說，何其難哉。幸去周未遠，故所承受者，無甚歧異。分科並進，抱殘守缺，以待後世。此漢儒莫大之功也。當時學者，各有專門：蕭何收秦圖籍，修律令；叔孫通招魯諸生，定禮儀；張蒼之於天文，洛下閎之於歷數，莫不各獻所長。又

[一] 成帝時：前增「及」。
[二] 誠壯觀也：改為「惜刪其《輯略》數人，無由知學術之淵源，此班氏之過也」。
[三] 影響：改為「損害」。
[四] 傳：改為「欲傳」。

蓋公曹參修黃老，賈誼、晁錯學刑名，司馬遷、班固著史書，董仲舒、揚雄[一]傳經術，劉向[二]、王充創博物之學，馬融、鄭元開訓詁之學，許慎究文字之學，張仲景傳醫[術之]方[三]，張衡造渾天之儀[四]。其他各專一經，師弟相授受，以世其業[五]。如《易》則有淄川田生，《書》則有濟南伏生，《詩》則有魯申培公、齊軒固生、燕韓嬰，《禮》則有高堂生，《春秋》則有齊胡母生、趙董仲舒。自立五經博士以來，《易》有施讎、孟喜、梁邱賀、京房之學，《書》有歐陽生、夏侯勝、夏侯建之學，《詩》有軒固生、申培公、韓嬰、毛公之學，《禮》有戴德、戴勝之學，《春秋》有嚴彭祖、顏安樂之學。專經之學，於漢為勝。後世學者，能知周代以前之梗概，固賴有漢儒在也。

## 第二章　武帝以前之文學

當漢之初，儒教不尊（高祖溺儒冠可見）。墨也，老也，法也，其勢力皆出孔學上者也。其

---

[一] 揚雄：改為「劉向」。
[二] 劉向：改為「揚雄」。
[三] 方：後增「之學」。
[四] 渾天之儀：改為「渾天二儀」。改後句不通，當是修訂時漏增「地動」兩字，應為「渾天、地動二儀」。
[五] 業：後增「者」。

在墨家，則遊俠一派獨盛，朱家、郭解之流，為一時士大夫所稱道。道家則有蓋公之教曹參（《史記》稱蓋公為參言黃老曰：『治道清靜，則民自定。』參大悅），黃生之事竇后（《漢書・外戚傳》：太后好黃帝、老子言，景帝及諸竇，不得不讀。史稱老徒黃生與儒徒軒固生，嘗辯論於帝前。竇后怒，欲殺軒固生），淮南之著《鴻烈》（高誘注：天下方術之士，多歸淮南。於是蘇飛、李尚、左吳、田由、雷被、毛被、伍被等，及諸儒大山、小山之徒，講論道德以著此書，其旨則近於老子者也），司馬談之《論六家要旨》（謂儒、墨、陰陽、名、法，各有所長，而歸本於道家）。其在法家，則景帝時代，晁錯用事（史稱錯與洛陽宋孟、劉帶同學申商刑名之學於軹縣張恢），法令多所更定。由此觀之，當武帝以前儒學未定之時，與之爭者，有老、墨、法三家矣。故其時之文學，或道家言，或墨家言，或法家言，或儒家言，無一定之範也。

## 第三章　武帝以後之文學

武帝雖重儒術，而當竇后未歿以前，不能實行其志，故儒法並立，而[一]相爭論於朝[廷]。欲知其梗概，悉詳《鹽鐵論》（漢桓寬撰，乃敍述始元六年丞相、御史與所舉賢良文學論辯鹽鐵均輸之利害者也）。故第一次崇儒政策，武帝以君主主張於上，竇嬰以太后之親為丞相，田蚡以

[一] 而：改為『時』。

帝舅為太尉，趙綰為御史大夫，王臧為郎中令，皆推崇儒術，將迎申公，設明堂，制禮作樂，以文致太平，然太后[一]一怒，綰、臧下吏，嬰、蚡罷斥[二]，遂以蹉跌。直至後崩，蚡復為相，董仲舒對策賢良，請表章六藝，罷黜百家，凡非在六藝之科者，勿進。自是儒學尊，百氏絀。乃興學校，置博士，設明經射策之科，而公孫宏等，亦得緣飾經術，起家布衣，［封侯拜相。］由[三]是二千年來之國教定，而文學遂不出儒學之範圍矣。

# 第四章　儒學[四]之統一

溯帝王之尊，儒自魏文侯後，最有功於儒學者，以漢武帝為首。武帝既尊儒學，於是尊經愈篤，立羣經於學官。凡兩漢之世，所立諸經，可得而述焉。表如下：

[一] 太后：改為「竇太后」。
[二] 罷斥：後增「儒學」。
[三] 由：改為「於」。
[四] 儒學：改為「儒家文學」。

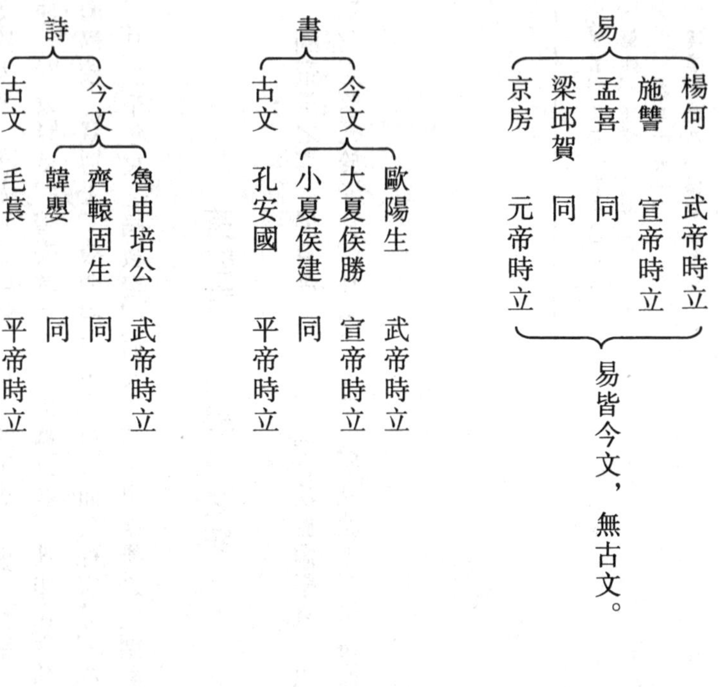

易
楊何　武帝時立
施讎　宣帝時立
孟喜　同
梁邱賀　同
京房　元帝時立
易皆今文，無古文。
書
今文
歐陽生　武帝時立
大夏侯勝　宣帝時立
小夏侯建　同
古文
孔安國　平帝時立
詩
今文
魯申培公　武帝時立
齊轅固生　同
韓嬰　同
古文
毛萇　平帝時立

禮
- 今文
  - 后蒼　武帝時立
  - 大戴德　宣帝時立
  - 小戴聖　同
- 古文
  - 逸禮　平帝時立
  - 周官　未得立

春秋
- 今文
  - 公羊　武帝時立
  - 穀梁　元帝時立
  - 嚴彭祖　東漢初立
  - 顏安樂　同
  - （嚴彭祖、顏安樂）二家皆公羊支子，出於齊胡母生者也。
- 古文
  - 左氏　平帝時立

自武帝以來，儒學統一矣。於是文學之思想，無不在六經之中矣[一]。欲明漢代傳經家[二]，須先知孔子弟子之傳經。表如下(從孔子弟子起，至漢初止)：

[一] 六經之中矣：改為「孔子六經中」。後增「故後儒以儒學為盡美盡善之學，而言論思想為經學所束縛矣」。
[二] 家：改為「諸家」。

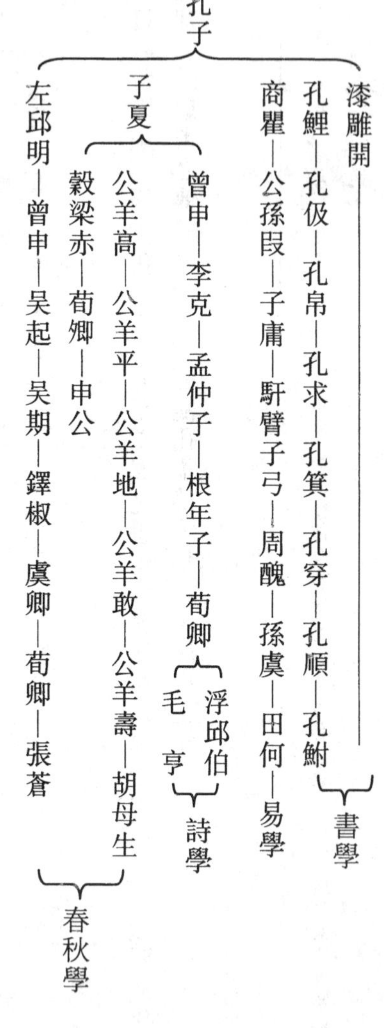


漢以前之傳經既明，而後可以知漢代之傳經矣。

易—田何
丁寬—田王孫
施讐
孟喜
梁邱賀
王同—楊何—京房

書
今文—伏勝
歐陽生—夏侯都尉—夏侯始昌—夏侯勝—夏侯建
張生
古文——孔安國

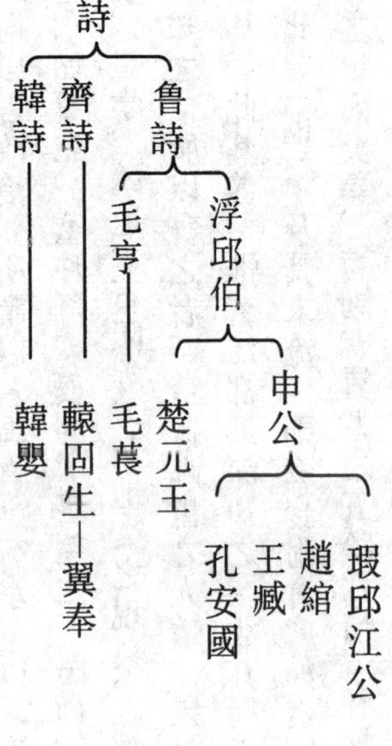
詩
魯詩
浮邱伯
申公
瑕邱江公
趙綰
王臧
孔安國
楚元王
毛亨
毛萇
齊詩
轅固生
翼奉
韓詩
韓嬰

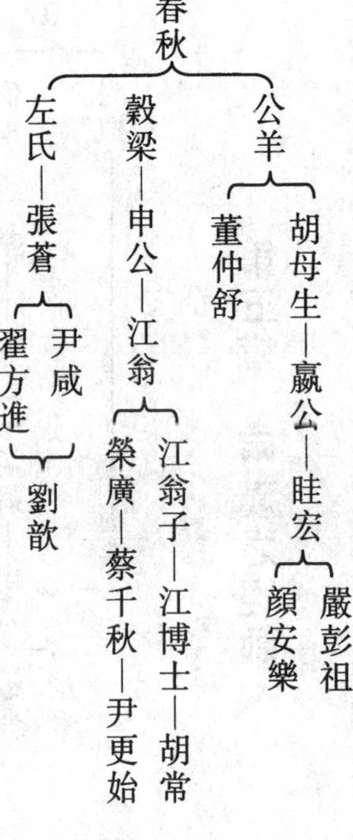
春秋
公羊
胡母生
嬴公
眭宏
嚴彭祖
顏安樂
董仲舒
穀梁
申公
江翁
江翁子
江博士
胡常
榮廣
蔡千秋
尹更始
左氏
張蒼
尹咸
翟方進
劉歆

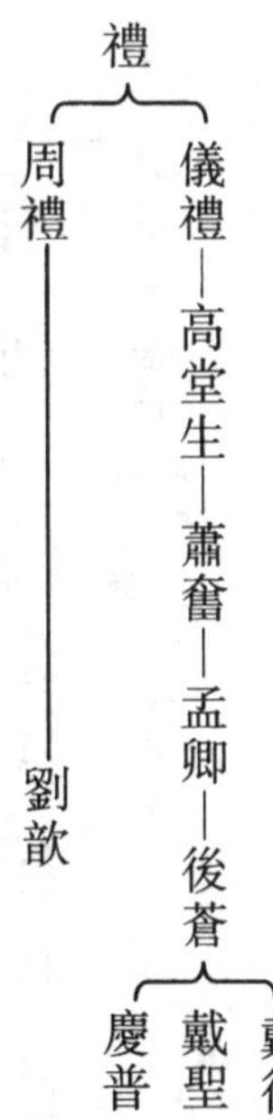


# 第五章　兩漢之經師

兩漢經師，可分四種。（一）口說家。專務抱殘守缺，傳諸其人，家法謹嚴，發明頗少，如田何、丁寬、伏生、歐陽生、申公、轅固生、胡母生、江翁、高堂生等其人也。（二）經世家。衍經術以言政治，所謂以《禹貢》行水，以《洪範》察變，以《春秋》折獄，以《三百篇》當諫書，如賈誼、董仲舒、龔勝、蕭望之、匡衡、劉向等其人也。（三）災異家。如日食、彗現、地震、星孛、鷁退、石隕等，乃地文之現象，動物之恒情，於人事與政治無關也。以孔子之聖，豈不知之，所以言之者，蓋據亂世之人情，宗教之念猶[甚]强[也]。故利用其說，即藉以申警當世耳。此其義，惟董江都最深知之，故其對天人策也，三致意焉。漢初，諸儒之言災異者，大率此旨[也]。及其末流，則牽合附會，如書則有《洪範五行》，禮則有《明堂陰陽》，易則有京房之象術災異，詩則有翼奉之五際六情，春秋之學，又益甚焉。而文學界中，遂生一大障蔽。

（四）訓詁家。漢初大師之傳經也，循其大體，以玩經文，（[見]《漢書·藝文志》）不為章句訓詁，舉其大義而已。（[見]《漢書·儒林傳》）故讀一經通一經之義，明一義得一義之用。自莽歆以後，提倡校勘詁釋之學，爰逮東都之末，則賈馬許鄭，覃心箋注，其學遂趨於破碎繁難，於是學風一變。而唐代陸（德明）孔（穎達），國朝[一]段（玉裁）王（引之），實此派之支流也。蓋漢承秦火之後，一時經學大師，實大有功[二]於文學者也[三]。惜災異之説（至讖緯而極）、訓詁之學亂之，遂起後賢非薄漢學之漸。嗚呼，豈漢初諸大師之咎哉。

## 第六章　漢代之大著作[四]

漢代之大著作，除經注辭賦外，其成一家言者，有陸賈之《新語》，賈誼之《新書》，董仲舒之《春秋繁露》，司馬遷之《史記》，淮南王安之《淮南子》[五]，桓寬之《鹽鐵論》，劉向之《説苑》、《新序》，揚雄之《法言》、《太元》，王充之《論衡》，王符之《潛夫論》，仲長統之《昌

[一] 國朝：改為「清代」。
[二] 實大有功：改為「斤斤考訂，有功」。
[三] 者也：改為「不淺」。
[四] 著作：改為「文學家」。
[五] 《淮南子》：改為「《鴻烈解》」。

言》，許慎之《說文解字》，班固之《漢書》等，皆表表者也。於說經、論史、言政之外，足以覘當時文明之跡者，則辭賦為最優[一]。枚乘、司馬相如、揚雄、班固[等]，其最著也[二]。他若[唐都、]洛下閎之歷數學，張仲景之《傷寒論》，張衡之制地動儀，其學術亦足稱焉。

# 第七章　兩漢之文辭

文章之學，惟漢為盛。西京文最雅健重厚[三]而有力。要惟董之純、賈之茂、遷之潔、匡劉之湛深，為能先有其實，而後託之於言，乃足擅絕今古。故賈誼、董仲舒並為大儒，而奏疏策對，後人祖之。司馬遷史才，上接麟筆，非徒兼綜三長，實已淩駕百氏。若相如、揚雄之徒，祇以浮華相尚，不能一出於道，無實之可言[四]，故如《長楊》、《校獵》之文，不過粗變音節[五]，非為明道講學之作。洎乎東漢，漸趣浮靡，遂為六代萌芽[六]。自光武以來，班固企跡子長，《漢書》[實]大文也；桓譚踵武賈誼，《新論》[實]大文也。張衡希蹤相如，而貌合神離；蔡邕醉心

[一]優：改為『盛』。
[二]也：改為『者也』。
[三]重厚：改為『厚重』。
[四]言：後增『矣』。
[五]粗變音節：改為『鋪張揚厲』。
[六]遂為六代萌芽：改為『遂兆六代衰落之□』。

揚雄，而名存實歿[一]。孔融志大而言誇，崔駰詞薄而力弱，固有不如西漢之渾厚者矣。

## 第八章　漢代之韻文

漢代之韻文，則辭賦與古詩及樂府是也。辭賦本楚騷之變，溯其淵源，亦詩之苗裔，故曰：『賦者，古詩之流也。』漢代之辭賦，侈麗閎衍，揚雄謂『詩人之賦麗以則，辭人之賦麗以淫』，[然哉，]然哉。

漢代辭賦，陸賈開其先聲（《藝文志》言三篇）。賈誼懷孤逸之才，讀《懷沙》、《鵩鳥》諸賦，可想見其際遇[二]。及枚乘、司馬相如出，詞采益華贍矣。若枚皋、東方朔、王褒、揚雄、班固等，皆稱能手[三]。

詩歌之中，有古詩及樂府一家[四]。《三百篇》薦郊廟，被絃歌，詩即樂府也。自詩亾樂廢，而屈宋代興，於是《九歌》[五]等篇以侑樂，《九章》等作以抒情，途轍漸北[六]。至漢則《郊祀

[一] 歿：改為『沒』。
[二] 際遇：改為『為人』。
[三] 稱能手：改為『極韻文之誠事者也』。
[四] 二家：改為『二種』。
[五] 《九歌》：前增『舉』。
[六] 漸北：改為『漸歧矣』。

十九章》、《古詩十九首》，不相為用，詩與樂府，門類始分，然厥體未甚遠也。如《江南曲》之「江南可採蓮，蓮葉河田田」，《長歌行》之「青青園中葵，朝露待日晞」，《陌上桑》之「日出東南隅，照我秦氏樓」，以上諸樂府，屬「相和歌」，皆古調也。漢時詩樂始分，乃有樂府之名。《安世房中歌》，系唐山夫人所制，而清調、平調、瑟調，皆其遺音，此「南」與「風」之變也。朝會、道路所用，謂之「鼓吹曲」，軍中、馬上所用，謂之「横吹曲」，此「雅」之變也。武帝以延年為協律都尉，與司馬相如諸人，略定律呂，作「十章」之歌，以正月上辛用事，此「頌」之變也。有歌、行、吟、操、辭、曲之目，皆樂府體也。如《平陵東》之「平陵東，松柏桐，不知何人劫義公」（漢翟義起兵誅莽，不克而死，門人思之，作此歌），此古辭體也。《白紵歌》之「蘭葉參差桃半紅」（梁武帝《白紵舞歌》，沈約改其詞為四時之歌），近七言體矣。若《上之回》、《戰城南》、《巫山高》、《將進酒》、《君馬黃》、《芳樹》、《有所思》、《雉子班》、《臨高臺》，則「鐃歌」矣。若《練時日》、《天馬來》等，則「郊祀之歌」也（有十九首）。後世篇詠愈多，唱酬益繁，格調亦隨變，而樂府之音節漸泯。要之樂府歌謠之作，洵漢魏[之]所當行，六朝之所[是]尚也。

古詩起於「十九首」，今錄之以示[一]漢後詩學之源。

[一] 今錄之以示：改為「學者讀之，以知」。

行行重行行，與君生別離。相去萬餘里，各在天一涯。道路阻且長，會面安可知。胡馬依北風，越鳥巢南枝。相去日已遠，衣帶日已緩。浮雲蔽白日，遊子不顧返。思君令人老，歲月忽已晚。棄捐勿復道，努力加餐飯。

青青河畔草，鬱鬱園中柳。盈盈樓上女，皎皎當窗牖。娥娥紅粉妝，纖纖出素手。昔為娼家女，今為蕩子夫。蕩子行不歸，空牀難獨守。

青青陵上柏，磊磊澗中石。人生天地間，忽如遠行客。斗酒相娛樂，聊厚不為薄。驅車策駑馬，遊戲宛與洛。洛中何鬱鬱，冠帶自相索。長衢羅夾巷，王侯多第宅。兩宮遙相望，雙闕百餘尺。極宴娛心意，戚戚何所迫。

今日良宴會，歡樂難具陳。彈箏奮逸響，新聲妙入神。令德唱高言，識曲聽其真。齊心同所願，含意俱未申。人生寄一世，奄忽若飆塵。何不策高足，先據要路津。無為守貧賤，坎軻長苦辛。

西北有高樓，上與浮雲齊。交疏結綺窗，阿閣三重階。上有絃歌聲，音響一何悲。誰能為此曲，無乃杞梁妻。清商隨風發，中曲正徘徊。一彈再三歎，慷慨有餘哀。不惜歌者苦，但傷知音稀。願為雙鴻鵠，奮翅起高飛。

涉江采芙蓉，蘭澤多芳草。采之欲遺誰，所思在遠道。還顧望舊鄉，長路漫浩浩。同心而離居，憂傷以終老。

明月皎夜光，促織鳴東壁。玉衡指孟冬，眾星何歷歷。白露沾野草，時節忽復易。秋蟬鳴樹間，元鳥逝安適。昔我同門友，高舉振六翮。不念携手好，棄我如遺跡。南箕北有斗，牽牛不負軛。良無磐石固，虛名復何益。

冉冉狐生竹，結根泰山阿。與君為新婚，兔絲附女蘿。兔絲生有時，夫婦會有宜。千里遠結婚，悠悠隔山陂。思君令人老，軒車來何遲。傷彼蕙蘭花，含英揚光輝[一]。過時而不采，將隨秋草萎。君亮執高節，賤妾亦何為。

庭中有奇樹，綠葉[二]發華滋。攀條折其榮，將以遺所思。馨香盈懷袖，路遠莫致之。此物何足貴，但感別經時。

迢迢牽牛星，皎皎河漢女。纖纖擢素手，軋軋弄機杼。終日不成章，泣涕零如雨。河漢清且淺，相去復幾許。盈盈一水間，脈脈不得語。

回車駕言邁，悠悠涉長道。四顧何茫茫，東風搖百草。所遇無故物，焉得不速老。盛衰各有時，立身苦不早。人生非金石，豈能長壽考。奄忽隨物化，榮名以為寶。

東城高且長，逶迤自相屬。回風動地起，秋草萋已綠。四時更變化，歲暮一何速。晨風懷苦心，蟋蟀傷局促。蕩滌放情志，何為自結束。燕趙多佳人，美者顏如玉。被服羅裳衣，當戶理清曲。音響一何悲，絃急知柱促。馳情整巾帶，沈吟聊躑躅。思為雙飛燕，銜泥巢君屋。

驅車上東門，遙望郭北墓。白楊何蕭蕭，松柏夾廣路。下有陳死人，杳杳即長暮。潛寢黃

---

[一] 輝：原稿本作『暉』。
[二] 葉：原稿本作『華』，當是形近而誤。

泉下，千載永不寤。浩浩陰陽移，年命如朝露。人生忽如寄，壽無金石固。萬歲更相送，賢聖莫能度。服食求神仙，多為藥所誤。不如飲美酒，被服紈與素。

去者日以疎，生者日已親。出郭門直視，但見丘與墳。古墓犁為田，松柏摧為薪。白楊多悲風，蕭蕭愁殺人。思還故里閭，欲歸道無因。

生年不滿百，常懷千歲憂。晝短苦夜長，何不秉燭遊。為樂當及時，何能待來茲。愚者愛惜費，但為後世嗤。仙人王子喬，難可與等期。

凜凜歲雲暮，螻蛄夕鳴悲。涼風率已厲，遊子寒無衣。錦衾遺洛浦，同袍與我違。獨宿累長夜，夢想見容輝。良人惟古歡，枉駕惠前綏。願得常巧笑，攜手同車歸。既來不須臾，又不處重闈。亮無晨風翼，焉能淩風飛。眄睞以適意，引領遙相睎。徒倚懷感傷，垂涕沾雙扉。

孟冬寒氣至，北風何慘慄。愁多知夜長，仰觀眾星列。三五明月滿，四五蟾兔缺。客從遠方來，遺我一書扎。上言長相思，下言久離別。置書懷袖中，三歲字不滅。一心抱區區，懼君不識察。

客從遠方來，遺我一端綺。相去萬餘里，故人心尚爾。文彩雙鴛鴦，裁為合歡被。著以長相思，緣以結不解。以膠投漆中，誰能別離此。

明月何皎皎，照我羅牀緯。憂愁不能寐，攬衣起徘徊。客行雖云樂，不如早旋歸。出戶獨彷徨，愁思當告誰。引領還入房，淚下沾裳衣。

古人評此等詩，或謂風之餘，或謂詩之母，不能定誰氏之作。蓋直承《國風》之遺意，開後代之詩源[一]者也。至於蘇李[二]，實推衍之，後世詩家無不宗之[者]。復錄[三]蘇李二家詩[如下]，[俾學者]得窺體制焉。

蘇氏詩四首

骨肉緣枝葉，結交亦相因。四海皆兄弟，誰為行路人。況我連枝樹，與子同一身。昔為鴛與鴦，今為參與辰。昔者長相近，邈若胡與秦。誰念當乖離，恩情日以新。鹿鳴思野草，可以喻嘉賓。我有一尊酒，欲以贈遠人。願子留斟酌，敘此平生親。

結髮為夫妻，恩愛兩不疑。歡娛在今日，燕婉及良時。狂夫懷往路，起視夜何其。參辰皆已沒，去去從此辭。行役在戰場，相見未有期。握手一長嘆，淚為生別滋。努力愛春華，莫忘歡樂時。生當復來歸，死當長相思。

黃鵠一遠別，千里顧徘徊。胡馬失其群，思心常依依。何況雙飛龍，羽翼臨當闕。幸有絃歌曲，可以喻中懷。請為遊子吟，泠泠一何悲。絲竹厲清聲，慷慨有餘哀。長歌正激烈，中心愴以摧[四]。欲展清商曲，念子不得歸。俛仰內傷心，淚下不可揮。願為雙黃鵠，送子俱遠飛。

---

[一] 源：改為『學』。

[二] 蘇李：改為『蘇李之作』。

[三] 復錄：改為『學者讀』。

[四] 摧：原稿本作『攜』，出韻，當是形近而誤。

爛爛晨明月，馥馥秋蘭芳。芬馨良夜發，隨風聞我堂。征夫懷遠路，遊子戀故鄉。寒冬十二月，晨起踐嚴霜。俯觀江漢流，仰視浮雲翔。良友遠別離，各在天一方。山海隔中州，相去悠且長。嘉會難再遇，歡樂殊未央。願言崇令德，隨時愛景光。

李陵與蘇武詩三首

良時不再至，離別在須臾。屏營衢路側，執手野踟躕。仰視浮雲馳，奄忽互相踰。風波一失所，各在天一隅。長當從此別，且復立斯須。欲因晨風發，送子以賤軀。

携手上河梁，遊子暮何之。徘徊蹊路側，悢悢不能辭。行人難久留，各言長相思。安知非日月，弦望自有時。努力崇明德，皓首以為期。

嘉會難再遇，三載為千秋。臨河濯長纓，念子悵悠悠。遠望悲風至，對酒不能酬。行人懷往路，何以慰我愁。獨有盈觴酒，與子結綢繆。

自此作後，騷人競為五言詩，可謂漢代文學之新現象，且開七言之漸。武帝元封三年，柏梁臺落成，大會群臣，為席上聯句之作，於是七言之詩體遂起。其詩凡得二十六句，［述如下］。

日月星辰和四時（帝）。驂駕駟馬從梁來（梁孝王武）。郡國司馬羽林材（大司馬）。總領天下誠難治（丞相石慶）。和撫四夷不易哉（大將軍衛青）。刀筆之吏臣執之（御史大夫倪寬）。撞鐘伐鼓聲中詩（太常周建德）。宗室廣大日益滋（宗正劉安國）。周衛交戟禁不時（衛尉路博德）。總領從官柏梁臺（光祿勳徐自為）。平理請讞決嫌疑（廷尉杜周）。修飾與馬待駕來（太僕公孫賀）。郡國吏功差次之（大鴻臚充國）。乘輿御物主治之（少府王溫舒）。陳粟萬石揚以箕（大司農張成）。徼道宮下隨討治（執金吾中尉豹）。三輔盜賊天下危（左馮翊盛宣）。盜阻南山為民災（右扶風李成信）。外家公主不可治（京兆尹）。椒房率更領其材（詹事陳掌）。蠻夷朝賀常舍其（典屬國）。柱枅欂櫨相支持（大匠）。枇杷橘栗桃李梅（大官令）。走狗逐兔張罘罝（上林令）。齧妃女唇甘如飴（郭舍人）。迫窘屈詰幾窮哉（東方朔）。

是非詩也，乃聯句耳。不謂七字成言，竟開後世七言之體（後□[一]聯句亦始此體）。漢初高祖之《大風歌》，項王之《垓下歌》，雖屬七言，而案其風神，全是楚風之變體，未合七言古詩之體裁。自柏梁聯句出，始別開文園之生面[二]。

西京蘇李諸作，固漢詩之神品，其他作者所為古詩不少，惟多題無名氏作，故後人亦莫能揣測而附會之，然其詩則選家皆錄也，學者可誦而知之。至於樂府諸體，如卓文君之《白頭吟》（皚如山上雪，皎若雲[三]間月。聞君有兩意，故來相決絕。今日斗酒會，明旦溝水頭。躞蹀御溝上，溝水東西流。淒淒復淒淒，嫁娶不須啼。願得一心人，白頭不相離。竹竿何嫋嫋，魚尾何簁簁。男兒重意氣，何用錢刀為）、班婕妤之《怨歌行》（新裂齊紈素，皎潔如霜雪。裁成合歡扇，團團似明月。出入君懷袖，動搖微風發。常恐秋節至，涼飈奪炎熱。棄捐篋笥中，恩情

[一] □：原稿本無法識別，當是「之」、「來」、「代」等字，修訂本改為「世」。
[二] 生面：後增「矣」。
[三] 雲：原稿本作「雪」，當是形近而誤。

中道絕），俱屬閨閣之作，而其神情，悉藉妙言以出。可見西京之文，雖婦人女子，亦有迥不猶人之處。至東京氣格，漸[一]卑下薄弱，不獨無韻之文為然也。東漢如張衡之《四愁詩》（一思曰：我所思兮在太山，欲往從之梁父艱。側身東望涕沾翰。美人贈我金錯刀，何以報之英瓊瑤[二]。路遠莫致倚逍遙，何為懷憂心煩勞。二思曰：我所思兮在桂林，欲往從之湘水深。側身南望涕沾襟。美人贈我金琅玕，何以報之雙玉盤。路遠莫致倚惆悵，何為懷憂心煩快。三思曰：我所思兮在漢陽，欲往從之隴阪長。側身西望涕沾裳。美人贈我貂襜褕，何以報之明月珠。路遠莫致倚踟躕，何為懷憂心煩紆。四思曰：我所思兮在雁門，欲往從之雪雰雰。側身北望涕沾巾。美人贈我錦繡段，何以報之青玉案。路遠莫致倚增歎，何為懷憂心煩惋）、蔡邕之《飲馬長城窟》（青青河邊草，綿綿思遠道。遠道不可思，宿昔夢見之。夢見在我傍，忽覺在他鄉。他鄉各異縣，展轉不可見。枯桑知天風，海水知天寒。入門各自媚，誰肯相為言。客從遠方來，遺我雙鯉魚。呼童烹鯉魚，中有尺素書。長跪讀素書，書中竟何如。上有加餐飯，下有長相憶），其婦女之作，如蔡琰之《悲憤詩》（嗟渾祜兮遭世患，宗族殄兮門戶單。身熟畧兮入西關，歷險阻兮之羌蠻。山谷眇兮路漫漫，眷東顧兮但悲嘆。冥當寢兮不能安，饑當食兮不能餐。常流涕兮皆不乾，薄志節兮念死難。雖苟活兮無形顏，惟彼方兮遠陽精。陰氣凝兮雪夏零，沙漠壅兮塵冥冥。有草木兮春不榮，人似禽兮食臭腥。言兜離兮狀窈停，歲聿暮兮時邁征。夜悠長兮禁門扃，

[一] 漸：改為『漸趨』。
[二] 瑤：原稿本作『琚』，出韻，當是形近而誤。

孤雁歸兮聲嚶嚶，樂人興兮彈琴箏。音相和兮悲且清，心吐思兮國憤盈。欲舒氣兮恐彼驚，含哀咽兮涕沾襟。家既迎兮當歸甯，臨長路兮捐所生。兒呼母兮啼失聲，我掩耳兮不忍聽。追持我兮奏笳音，頓復起兮毀顏形。還顧之兮破人情，心怛絕兮死復生）, 俱為漢代妙品，學者不可不讀也。又無名氏《焦仲卿妻》詩一首，凡一千七百四十五言，為古代一大敍事詩，中國所珍為第一長篇也[一]。篇中寫數人性情聲色，直有化工之筆，亦文學史上之一壯觀也。錄之以示[二]長篇之梗概焉。

孔雀東南飛，五里一徘徊。十三能織素，十四學裁衣。十五彈箜篌，十六誦詩書。十七為君婦，心中常苦思。君既為府吏，守節情不移。賤妾留空房，相見常日稀。雞鳴入機織，夜夜不得息。三日斷五疋，大人故嫌遲。非為織作遲，君家婦難為。妾不堪驅使，徒留無所施。便可白公姥，及時相遣歸。府吏得聞之，堂上啟阿母。兒已薄祿相，幸復得此婦。結髮同枕席，黃泉共為友。共事二三年，始而未為久。女行無偏斜，何意致不厚。阿母謂府吏，何乃太區區。此婦無禮節，舉動專自由。吾意久懷忿，汝豈得自由。東家有賢女，自名秦羅敷。可憐體無比，阿母為汝求。便可速遣之，遣去慎莫留。府吏長跪告，伏維啟阿母。今若遣此婦，終老不復娶。阿母得聞之，槌牀便大怒。小子無所畏，何敢助婦語。吾已失恩義，會不相從許。府吏默無聲，

---

[一] 也：改為『者也』。
[二] 錄之以示：改為『讀此可以知』。

再拜還入戶。舉言謂新婦，哽咽不能語。吾自不驅卿，逼迫有阿母。卿但暫還家，吾今且[一]報府。不久當歸還，還必相迎取。以此下心意，慎勿違我語。新婦謂府吏，勿復重紛紜。往昔初陽歲，謝家來貴門。奉時循公姥，進止敢自專。晝夜勤作息，伶俜嘗苦辛。謂言無罪過，供養卒大恩。仍更被驅遣，何言復來還。妾有繡腰襦，葳蕤自生光。紅羅復斗帳，四角垂香囊。箱簾六七十，綠碧青絲繩。物物皆有異，種種在其中。人賤物亦鄙，不足迎後人。留待作遺施，於今無會因。時時為安慰，久久莫相忘。雞鳴外欲曙，新婦起嚴妝。著我繡裌裙，事事四五通。足下躡絲履，頭上玳瑁光。腰若流紈素，耳著明月璫。指如削葱根，口如含珠丹。纖纖作細步，精妙世無雙。上堂拜阿母，阿母怒不止。昔[二]作女兒時，生小出野里。本自無教訓，兼愧貴家子。受母錢帛多，不堪母驅使。今日還家去，念母勞家裏。卻[三]與小姑別，淚落連珠子。新婦初來時，小姑始扶牀。今日被驅遣，小姑如我長。勤心養公姥，好自相扶持。初七及下九，嬉戲莫相忘。出門登車去，涕落百餘行。府吏馬在前，新婦車[四]在後。隱隱何甸甸，俱會大道口。下馬入車中，低頭共耳語。誓不相隔卿，且暫還家去。吾今且赴府，不久當還歸，誓天不相負。新婦謂府吏，感君區區懷。君既若見錄，不久望君來。君當作磐石，妾當作蒲葦。蒲葦紉如絲，

[一] 且：原稿本作「旦」，當是形近而誤。
[二] 昔：原稿本作「著」，當是形近而誤。
[三] 卻：原稿本作「劫」，當是形近而誤。
[四] 車：原稿本作「馬」，如此下文「下馬入車中」不可解，以「車」為是。

磐石無轉移。我有親父兄，性行暴如雷。恐不如我意，逆以煎我懷。舉手長勞勞，兩情同依依。入門上家堂，進退無顏儀。阿母大拊掌，不圖子自歸。十三教汝織，十四能裁衣。十五彈箜篌，十六知禮儀。十七遣汝嫁，謂言無誓違。汝今何罪過，不迎而自歸。蘭芝慚阿母，兒實無罪過。阿母大悲摧。還家十餘日，縣令遣媒來。云有第三郎，窈窕世無雙。年始十八九，便言多令才。阿母謂阿女，汝可去應之。阿女含淚答，蘭芝初還時，府吏見丁甯，結誓不別離。今日違情義，恐此事非奇。自可斷來信，徐徐更謂之。阿母白媒人，貧賤有此女。始適還家門，不堪吏人婦。豈合令郎君，幸可廣問訊，不得便相許。媒人去數日，尋遣丞請還。說有蘭家女，丞籍有宦[一]官。云有第五郎，嬌逸未有婚。遣丞為媒人，主簿通語言。直說太守家，有此令郎君。既欲結大義，故遣來貴門。阿母謝媒人，女子先有誓，老姥豈敢言。阿兄得聞之，悵然心中煩。舉言謂阿妹，作計何不量。先嫁得府吏，後嫁得郎君。否泰如天地[二]，足以榮汝身。不嫁義郎體，其往欲何去。蘭芝仰頭答，理實如兄言。謝家事夫壻，中道還兄門。處分適兄意，那得自任專。雖與府吏要，後會永無緣。登即相許和，便可作婚姻。媒人下牀去，諾諾復爾爾。還部白府君，下官奉使命，言談大有緣。府君得聞之，心中大歡喜。視歷[三]復開書，便利此月內。六合正相應，良吉三十日，今已二十七，卿可去成婚。交語速裝束，絡繹如浮雲。青雀白鵠舫，四角龍

---

[一] 宦：原稿本作『官』，當是形近而誤。
[二] 否泰如天地：原稿本漏此句，據通行本補。
[三] 歷：原稿本作『麻』，當是形近而誤。

子蟠。婀娜隨風轉，金車玉作輪。躑躅青驄馬，流蘇金鏤鞍。齎錢三百萬，皆用青絲穿。雜綵二百疋，交廣市鮭珍。從人四五百，鬱鬱登郡門。阿母謂阿女，適得府君書。明日來迎汝，何不作衣裳。莫令事不舉。阿女默無聲，手巾掩口啼，淚落便如瀉。移我琉璃榻，出置前窗下。左手持刀尺，右手執綾羅。朝成繡裌裙，晚成單羅衫。晻晻日欲暝，愁思出門啼。府吏聞此變，因求假暫歸。未至二三里，摧藏馬鳴哀。新婦識馬聲，躡履相逢迎。悵然遙相望，知是故人來。舉手拍馬鞍，嗟嘆使心傷。自君別我後，人事不可量。果不如先願，又非君所詳。我有親父母，逼迫兼弟兄。以我應他人，君還何所望。府吏謂新婦，賀卿得高遷。磐石方且厚，可以卒千年。蒲葦一時紉，便作旦夕間。卿當日勝貴，吾獨向黃泉。新婦謂府吏，何意出此言。同是被逼迫，君爾妾亦然。黃泉下相見，勿違今日言。執手分道去，各各還家門。生人作死別，恨恨那可論。念與世間辭，千萬不復全。府吏還家去，上堂拜阿母。今日大風寒，寒風摧樹木，嚴霜結庭蘭。兒今日冥冥，令母在後單。故作不良計，勿復怨鬼神。命如南山石，四體康且直。阿母得聞之，零淚應聲落。汝是大家子，仕宦於台閣。慎勿為婦死，貴賤情何薄。東家有賢女，窈窕豔城郭。阿母為汝求，便復在旦夕。府吏冉拜還，長嘆空房中。作計乃爾立，轉頭向戶裏，漸見愁煎迫。其日牛馬嘶，新婦入青廬。奄奄黃昏後，寂寂人定初。我命絕今日，魂去尸長留。攬裙脫絲履，舉身赴清池。府吏聞此事，心知長別離。徘徊顧樹下，自掛東南枝。兩家求合葬，合葬華山傍。東西植松柏，左右種梧桐。枝枝相覆蓋，葉葉相交通。中有雙飛鳥，自名為鴛鴦。仰頭相向鳴，夜夜達五更。行人駐足聽，寡婦起彷徨。多謝後世人，戒之慎勿忘。

# 第九章　漢代讖緯之書有益於文學

緯書之起，其原古矣。《隋書・經籍志》曰：『孔子既敘六經，以明天人之道，知後世不能稽同其意，故別立緯及讖，以遺來世。』夫讖之說最後，不得與緯並稱。《漢書・李尋傳》有六經六緯之文，經緯固當並稱也。《莊子》稱孔子『繙十二經』，或以六經六緯當之，是也。而闕其說者，謂緯候之書，不知誰作，通人討覈，謂起哀平（《書洪範傳疏說》）。夫《太史公自序》引《易》『失之毫釐，差以千里』，《漢書・蓋寬饒傳》引《易》『五帝官天下，三王家天下』，注者均以為《易緯》之文，不得謂起於哀平也。東漢以還，讖緯雜顯，以光武之好圖讖而天下趨之，一時風尚所歸，遂成絕學（後劉宋大明中禁之，[至]隋煬帝則發使四方，搜括天下書籍與讖緯相涉者皆焚之。至唐代僅存《易緯》，以後並《易緯》亦失傳矣）。今觀仲舒《繁露》，多陳五行，康成注經，雜引緯候，是必有可據者。俞正燮云：『緯書所記，猶古史也。』然哉。自圖讖並出，取媚時王，於是以讖淆緯而緯不可讀矣。然其[一]精言奧旨，間有足以補經者[二]，況立言之奇奧，用字之瑰麗，斯亦藝林之秘文也。不睹緯書，未[三]足以

[一] 然其：改為『□□以□』。
[二] 者：後增『之所未逮』。
[三] 未：改為『何』。

語文學也[一]。茲將緯書詳敘[二]如左。

易緯八：《乾坤鑿度》二卷（宋以前單行本）；《乾鑿度》二卷，漢鄭康成注（載《宋史·藝文志》。《後漢書》、『南北朝史』，唐人撰《五經正義》，及唐李鼎祚《周易集解》多所徵引。鄭樵《通志》，分上下二卷）；《稽覽圖》二卷，鄭康成注（見《宋史·藝文志》）；《辨終備》一卷，鄭康成注（見馬端臨《經籍考》，非完書）；《通卦驗》二卷（見馬氏《經籍考》、《宋史·藝文志》）；《乾元序制記》一卷（見馬氏《經籍考》）；《是類謀》一卷，鄭康成注（見《經籍考》。《藝文類聚》、《太平禦覽》多引其文）；《坤靈圖》一卷（見《經籍攷》。明孫瑴謂配《乾鑿度》）。《後漢書·樊英傳》：『凡六篇，曰《稽覽圖》，曰《幹鑿度》，曰《坤靈圖》，曰《通卦驗》，曰《是類謀》，曰《辨終備》。』無《乾坤鑿度》、《乾元序制記》。本朝乾隆三十八年采輯永樂八年所輯《大典》，得《易緯》全書，多宋以後諸儒所未見，刊行海內。《今古經解匯函》有此書。

尚書緯五：《璇璣鈐》、《考靈曜》、《荊德放》、《帝命驗》、《運期授》（見《後漢書·樊英傳》注。《隋書·經籍志》、《唐藝文志》題鄭康成注，無篇目）。

禮緯三：《含文嘉》、《稽命徵》、《斗威儀》（《隋經籍志》。《崇文總目》題《禮緯》三卷，鄭康成注）。

樂緯三：《動聲儀》、《稽耀嘉》、《叫圖徵》（見《隋志》）。

[一] 也：改為「哉」。
[二] 敘：改為「言」。

春秋緯十二：《演孔圖》、《元命苞》、《文耀鉤》、《運斗樞》、《合誠圖》、《考異郵》、《保乾圖》、《漢含孕》、《佐助期》、《握誠圖》、《潛潭巴》[一]。

詩緯：《含神霧》、《推度災》、《泛歷樞》。

孝經緯二：《援神契》、《鉤命訣》。

右所列緯書，除[二]《易緯》今有全書，其餘並佚，分見諸《禮記注》、《公羊注》、《穀梁注》、《爾雅注》、《風俗通》[三]、《白虎通》[四]、《漢書·五行志》、晉書隋書《天文志》、《太平御覽》、《藝文類聚》、《玉海》、《北堂書鈔》等書，徵引不少。明孫穀《古微書》，今有傳本。國朝[五]侯官趙在翰所輯《七緯》有[六]傳本，惟不易得耳。

[一]「春秋緯十二」，這裏只列舉了十一部，有遺漏。
[二]除：改為「惟」。
[三]《風俗通》：改為「《風俗通義》」。
[四]《白虎通》：改為「《白虎通德論》」。
[五]國朝：改為「清代」。
[六]有：改為「而有」。

# 第四編[一] 漢以後之文學

## 第一章 總論

兩漢以前，文多渾樸疏簡。西京而後，渾進為散，樸進為華，疏進為密，簡進為繁[二]。迄[乎]東漢乃益甚[矣]。建安七子，輝耀當時，漢魏之間，文尤炳蔚[三]。晉尚清談，稍參疏宕，[而]潘陸張左，益著於時[四]。逮乎劉宋，顔謝其英絕也。齊有任沈，躡漢魏之軌；梁有徐庾，極晉宋之奥。於是[五]文不復古矣。

[一] 編：改為「篇」。

[二] 渾進為散，朴進為華，疏進為密，簡進為繁：改為「渾者散矣，朴者華矣，疏者密矣，簡者繁矣」。

[三] 文尤炳蔚：改為「其文炳焉」。

[四] 益著于時：改為「著名于時」。

[五] 於是：改為「而」。

# 第二章　三國時代之文學

漢季喪亂，干戈無甯日。羣雄崛起，其間學術，非復兩漢之隆，而文詞稍有可觀。蓋學術之精義全失，惟存此華而不實之詞章耳。然其時君主如劉備、孫權、曹操，並崇文教，而蜀之諸葛[亮]、魏之荀文若[一]、吳之陸伯言等，皆文學之表[二]。《諸葛集》目錄二十四篇，為陳壽之所錄，惜其書不傳。今所傳《兵書》、《心書》、《將苑》之類，皆出於偽託[三]。其他學者，蜀稱譙周（史學），吳有虞翻（易學），惟魏據漢代故都，得兩京文獻之傳[四]。魏武父子，俱擅詞藻，曹植首以詩賦得名。陳琳、孔融、王粲、徐幹、阮瑀、應瑒、劉楨七子之徒，皆競豔[五]一時。學術[六]不脩，惟務為文[七]。晉代清談，蓋所馴致。獨魏王肅善賈逵、馬融之學，右馬而左鄭，解《尚書》、《詩》、《論語》、『三禮』、《左氏傳》。其父

[一] 荀文若：改為『荀彧』。
[二] 表：改為『表表者』。
[三] 皆出於偽託：改為『或出於偽託，未可深信』。
[四] 文獻之傳：後增『尤為稱盛』。
[五] 競豔：改為『名競』。
[六] 學術：前增『惟』。
[七] 為文：後增『者』。

朗作《易傳》、《孔子家語》，名見《漢志》，但書久散佚，世以為肅所依託。王弼注《易》與《老子》[一]，惜[二]早卒。他無所著述。三國學者，如此[三]而已。

## 第三章　漢魏文章之變遷

兩漢制詔令敕，帝書之四品也；章疏表議，臣書之四品也。惟西京文最雅健，然揚子之《太元》、《法言》，未免艱深；相如之《子虛》、《上林》，徒矜華贍。其後班固、賈逵之倫，後先輝映，而孟堅尤整密[四]，為能步武子長。崔、馬、蔡、韋，雖其源出於長卿，而風骨逐於華縟。其駕西京而上，可與《伊訓》、《說命》相表裏者，則莫如諸葛《出師》二表。魏世掞藻，七子之徒，遒文壯節，各有短長。而三曹競爽，陳思為傑。然魏武英氣勃勃，常橫槊而賦詩，其[五]《短歌行》有曰[六]：

對酒當歌，人生幾何。譬如朝露，去日苦多。慨當以慷，憂思難忘。何以解憂，唯有杜康。

---

[一]《老子》：後增「頗能發揮玄理，而漢學家則□輔嗣之《易》」。

[二]惜：改為「惜弼」。

[三]此：改為「是」。

[四]整密：後增「簡嚴」。

[五]其：改為「觀其」。

[六]有曰：改為「可以知其氣概矣」。

明明如月，何時可掇。憂從中來，不可斷絕。越陌度阡，枉用相存。契闊談讌，心念舊恩。月明星稀，烏鵲南飛。繞樹三匝，何枝可依。山不厭高，海不厭深。周公吐哺，天下歸心。青青子衿，悠悠我心。但為君故，沈吟至今。呦呦鹿鳴，食野之苹。我有嘉賓，鼓瑟吹笙。

此詩傳為赤壁之役月下橫槊而賦者，可想見其氣概，要自不凡矣。[其]子丕亦耽文學，嘗著《典論》：

蓋文章，經國之大業，不朽之盛事。年壽有時而盡，榮樂止乎其身，二者必至之常期，未若文章之無窮。是以古之作者，寄身於翰墨，見意於篇籍，不假良史之辭，不託飛馳之勢，而聲名自傳於後。故西伯幽而演易，周旦顯而制禮，不以隱約而弗務，不以康樂而加思。夫然，古人賤尺璧[一]而重寸陰，懼乎時之過已，而人多不强力。貧賤則懼於飢寒，富貴則流於逸樂，遂營目前之務，而遺千歲之功。日月逝於上，體貌衰於下，忽然與萬物遷化，斯亦志士之大痛也。

觀此可見其好文矣。其弟陳思王者，真不愧一代之文宗矣。舉[二]《洛神賦》以示概[三]：

余從京城，言歸東藩。背伊闕，越轘轅，經通谷，陵景山。日既西傾，車殆馬煩。爾迺稅

[一] 璧：原稿本作「壁」，形近而誤，據通行本改。
[二] 舉：改為「讀」。
[三] 以示概：改為「洵可當鍾嶸之評矣」。

駕乎蘭皋，秣駟乎芝田，容與乎陽林，流眄乎洛川。於是精移神駭，忽焉思散，俯則未察，仰以殊觀，睹一麗人，於巖之畔。迺援御者而告之曰：『爾有覿於彼者乎。彼何人斯。若此之豔也。』御者對曰：『臣聞河洛之神，名曰宓妃。然則君王所見，無迺是乎。其狀若何，臣願聞之。』余告之曰：『其形也，翩若驚鴻，婉若遊龍。榮曜秋菊，華茂春松。髣髴兮若輕雲之蔽月，飄颻兮若流風之廻雪。遠而望之，皎若太陽升朝霞[一]；迫而察之，灼若芙蓉出淥波。穠纖得中，脩短合度。肩若削成，腰如約素。延頸秀項，皓質呈露。芳澤無加，鉛華弗御。雲髻峩峩，脩眉聯娟。丹唇外朗，皓齒内鮮，明眸善睞，靨輔承權。瓌姿豔逸，儀靜體閑。柔情綽態，媚於語言。奇服曠世，骨像應圖。彼羅衣之璀粲兮，珥瑤碧之華琚。戴金翠之首飾，綴明珠以耀軀。踐遠遊之文履，曳霧綃之輕裾。微幽蘭之芳藹兮，步踟躕於山隅。於是忽焉縱體，以遨以嬉。左倚采旄，右蔭桂旗。攘皓腕於神滸兮，采湍瀨之元芝。余情悅其淑美兮，心振蕩而不怡。無良媒以接懽兮，託微波而通辭。願誠素之先達兮，解玉佩以要之。嗟佳人之信脩，羌習禮而明詩。抗瓊珶以和予兮，指潛淵而為期。執眷眷之欵實兮，懼斯靈之我欺。感交甫之弃言兮，悵猶豫而狐疑。收和顏而靜志兮，申禮防以自持。於是洛靈感焉，徙倚彷徨，神光離合，乍陰乍陽。竦輕軀以鶴立，若將飛而未翔。踐椒塗之郁烈，步蘅薄而流芳。超長吟以永慕兮，聲哀厲而彌長。爾迺眾靈雜遝，命儔嘯侶，或戲清流，或翔神渚，或采明珠，或拾翠羽。從南湘之二妃，攜漢濱之遊女。歎匏瓜之無匹兮，詠牽牛之獨處。揚輕袿之猗靡兮，翳脩袖以延佇。

[一] 升朝霞：原稿本漏此三字。

休迅飛鳧，飄忽若神，淩波微步，羅韈生塵。動無常則，若危若安；進止難期，若往若還。轉眄流精，光潤玉顏。含辭未吐，氣若幽蘭。華容婀娜，令我忘餐。於是屏翳收風，川后靜波。馮夷鳴鼓，女媧清歌。騰文魚以警乘，鳴玉鸞以偕逝。六龍儼其齊首，載雲車之容裔，鯨鯢踊而夾轂，水禽翔而為衛。於是越江沚，過南渚，紆素領，回清陽，動朱唇以徐言，陳交接之大綱。恨人神之道殊兮，怨盛年之莫當。抗羅袂以掩涕兮，淚流襟之浪浪。悼良會之永絕兮，哀一逝而異鄉。無微情以效愛兮，獻江南之明璫。雖潛處於太陰，長寄心於君王。忽不悟其所舍，悵神宵而蔽光。於是背下陵高，足往神留，遺情想像，顧望懷愁。冀靈體之復形，御輕舟而上溯。浮長川而忘返，思緜緜而增慕。夜耿耿而不寐，沾繁霜而至曙。命僕夫而就駕，吾將歸乎東路。攬騑轡以抗策，悵盤桓而不能去。』

梁之鍾嶸，評子建之文曰：『骨氣奇高，詞彩華茂，情兼雅怨，體被文質，粲溢今古，卓爾不羣。嗟乎，於陳思王之文章，如鱗羽之有龍鳳，音樂之有琴笙，女工之有黼黻。』其評亦當矣[一]。當時鄴下有七子之目。茲各舉其一二著述，以見其梗概。

陳琳，錄其[二]《討曹操檄》[三]文一篇：

[一] 其評亦當矣：改為『其推崇可謂至矣』。
[二] 錄其：改為『有』。
[三] 《討曹操檄》：此文原稿本與現今各通行本文字歧異較大，除一處明顯語義不妥之處校改出注外，餘皆照錄原文。

蓋聞明主圖危以制變，忠臣慮難以立權。曩者强秦弱主，趙高執柄，專制朝命，威福繇己，終有望夷之禍，汙辱至今。及臻呂后，祿產專政，擅斷萬機，決事禁省，下陵上替[一]，海內寒心。於是絳侯朱虛，興威奮怒，誅夷逆暴，尊立太宗，故能道化興隆，光明顯融，此則大臣立權之明表也。司空曹操，祖父騰，故中常侍，與左悺、徐璜，並作妖孽，饕餮放横，傷化虐民。父嵩，乞丐携養，因贓假位，輿金輦寶，輸貨權門，竊盜鼎司，傾覆重器。操贅閹遺醜，本無令德，僄狡鋒狹，好亂樂禍。幕府昔統鷹揚，掃夷凶逆，續遇董卓，侵官暴國。於是提劍揮鼓，發命東夏，收羅英雄，棄瑕錄用，故遂與操，參咨策畧，謂其鷹犬之才，爪牙可任。至乃愚佻短慮，輕進易退，傷夷折衄，數喪師徒。幕府輒復分兵命鋭，修完補輯，表行東郡太守，兖州刺史，被以虎文，授以偏師，獎蹴威柄，冀獲秦師一克之報。而操遂乘資跋扈，肆行酷虐，割剥元元，殘賢害善。故九江太守邊讓，英才俊逸，天下知名，以直言正色，論不阿諂，身被梟懸之戮，妻孥受灰滅之咎。自是士林憤痛，民怨彌重，一夫奮臂，舉州同聲。故躬被於徐方，地奪於呂布，彷徨東裔，蹈據無所。幕府惟强幹弱枝之義，且不登叛人之黨，故復援旌擐甲，席捲赴征，金鼓響震，布衆破沮。拯其死亾之患，復其方伯之任，是則幕府無德於兖土之民，而有大造於操也。後會鑾駕返旆，羣虜寇攻。時冀州方有北鄙之警，匪遑離局，故使從事中郎徐勛，就發遣操，使繕脩郊廟，翊衛幼主。操便放志，專行脅遷，當御省禁，卑侮王室，敗法

[一] 下陵上替：原稿本作『下陵下替』，語義不妥。當是筆誤，據通行本改。

亂紀，坐領三臺，專制朝政，爵賞由心，刑戮在口，所愛光五宗，所惡滅三族，羣談者受顯誅，腹議者蒙隱戮，百寮鉗口，道路以目，尚書記朝會，公卿充員品而已。故太尉楊彪，典歷二司，享國極位。操因緣眦睚，被以非罪，榜楚參並，五毒備至，觸情任忒，不顧憲綱。又議郎趙彦，忠諫直言，義有可納，是以聖朝含聽，改容加飾。操欲迷奪時明，杜絶言路，擅收立殺，不俟報聞。又梁孝王，先帝母昆，墳陵尊顯，桑梓松柏，猶宜肅恭。而操帥將吏士，親臨發掘，破棺裸屍，掠取金寶，至令聖朝流涕，士民傷懷。操又特置發邱中郎將、摸金校尉，所過隳突，無骸不露。身處三公之位，而行桀虜之態，汙國虐民，毒施人鬼。加其細政苛慘，科防互設，罾繳充蹊，坑穽塞路，舉手掛網羅，動足觸機陷，是以兖豫有無聊之民，帝都有吁嗟之怨。歷觀載籍，無道之臣，貪殘酷烈，於操為甚。幕府方詰外姦，未及整訓，加緒含容，冀可彌縫。而操豺狼野心，潛包禍謀，乃欲摧撓棟梁，孤弱漢室，除滅忠正，專為梟雄。往者伐鼓北征公孫瓚，强寇桀逆，拒圍一年。操因其未破，陰交書命，外助王師，内相掩襲，故引兵造河，方舟北濟。會其行人髮露，瓚亦梟夷，故使鋒芒挫縮，厥圖不果。爾乃大軍過蕩西山，屠各左校，皆束手奉質，爭為前登，犬羊殘醜，消淪山谷。於是操師震慴，晨夜逋逃，屯據敖倉，阻河為固，欲以螳螂之斧，禦隆車之隧。幕府奉漢威靈，折衝宇宙，長戟百萬，胡騎千羣，奮中黄育之士，騁良弓勁弩之勢，並州越太行，青州涉濟漯，大軍汎黄河而角其前，荊州下宛葉而掎其後，雷霆虎步，並集虜庭，若舉炎火以焫飛蓬，覆滄海以沃熛炭，有何不滅者哉。又操軍吏士，其可戰者，皆出自幽冀，或故營部曲，咸怨曠思歸，流涕北顧。其餘兖豫之民，及呂布張揚之遺眾，覆亾迫脅，權時苟從，各被創夷，人為讎敵。若回旆方徂，登高岡而擊鼓吹，揚素揮以啟降路，必土崩瓦解，不俟血刃。方今漢室陵遲，綱維弛絕，聖朝無一介之輔，股肱無折衝之勢。方畿之內，簡練之臣，皆垂頭搨翼，莫所憑恃。雖有忠義之佐，脅於暴虐之臣，焉能展其節。又操持部曲精兵七百，圍守宮闕，外託宿衛，內實拘執，懼其篡逆之萌，因斯而作。此乃忠臣肝腦塗地之秋，烈士立功之會，可不勖哉。操又矯命稱制，遣使發兵，恐邊遠州郡過聽，而給與強寇弱主，違眾旅叛，舉以喪名，為天下笑，則明哲不取也。即日幽並青冀，四州並進，書到荊州，便勒見兵，與建忠將軍協同聲勢。州郡各整戎馬，羅落境界，舉師揚威，並匡社稷，則非常之功，於是乎著。其得操首者，封五千戶侯，賞錢五千萬。部曲偏裨將校諸吏降者，勿復所問。廣宣恩信，班揚符賞，佈告天下，咸使知聖朝有拘迫之難。如律令。

孔融，錄其[一]《薦禰衡表》文一篇：

臣聞洪水橫流，帝思俾乂，旁求四方，以招賢俊。昔世宗繼統，將宏祖業，疇咨熙載，群士響臻。陛下睿聖，纂承基緒，遭遇厄運，勞謙日仄，惟嶽降神，異人並出。竊見處士平原禰衡，年二十四，字正平，淑質貞亮，英才卓躒。初涉藝文，升堂覩奧，目所一見，輒誦於口，耳所暫聞，不忘於心，性與道合，思若有神。宏羊潛計，安世默識，以衡準之，誠不足怪。忠

[一] 錄其：改為「有」。

果正直，志懷霜雪，見善若驚，疾惡如讎。任座抗行，史鰌厲節，殆無以過也。鷙鳥累百，不如一鶚。使衡立朝，必有可觀。飛辯騁辭，溢氣坌湧，解疑釋結，臨敵有餘。昔賈誼求試屬國，詭係單於；終軍欲以長纓，牽致勁越。弱冠慷慨，前代美之。近日路粹、嚴象，亦用異才擢拜臺郎，衡宜與為比。如得龍躍天衢，振翼雲漢，揚聲紫微，垂光虹蜺，足以昭近署之多士，增四門之穆穆。鈞天廣樂，必有奇麗之觀；帝室皇居，必蓄非常之寶。若衡等輩，不可多得。激楚陽阿，至妙之容，掌技者之所貪；飛兔騕褭，絕足奔放，良樂之所急也。臣等區區，敢不以聞。陛下篤慎取士，必須效試，乞憐衡以褐衣召見。無可觀采，臣等受面欺之罪。

王粲，錄其[一]《登樓賦》文一篇：

登茲樓以四望兮，聊暇日以銷憂。覽斯宇之所處兮，實顯敞而寡儔。挾清漳之通浦兮，倚曲沮之長洲。背墳衍之廣陸兮，臨皋隰之沃流。北彌陶牧，西接昭邱。華實蔽野，黍稷盈疇。雖信美而非吾土兮，曾何足以少留。遭紛濁而遷逝兮，漫踰紀以迄今。情眷眷而懷歸兮，孰憂思之可任。憑軒檻以遙望兮，向北風而開襟。平原遠而極目兮，蔽荊山之高岑。路逶迤而脩迥兮，川既漾而濟深。悲舊鄉之壅隔兮，涕橫墜而弗禁。昔尼父之在陳兮，有歸歟之歎音。鐘儀幽而楚奏兮，莊舄顯而越吟。人情同於懷土兮，豈窮達而異心。惟日月之逾邁兮，俟河清其未

[一] 錄其：改為「有」。

極。冀王道之一貫兮，假高衢而騁力。懼匏瓜之徒懸兮，畏井渫之莫食。步棲遲以徙倚兮，白日忽其將匿。風蕭瑟而並興兮，天慘慘而莫色。獸狂顧以求羣兮，鳥相鳴而舉翼。原野闃其無人兮，征夫行而未息。心悽愴以感發兮，意忉怛而憯惻。循階除而下降兮，氣交憤於胸臆。夜參半而不寐兮，悵盤桓以反側。

徐幹，不僅僅以文詞鳴，著有《中論》一書，凡二十篇。大抵原本經訓，指陳人事，而歸於聖賢之道[一]。

阮瑀，錄其[二]《為曹公作書與孫權》文一篇。此書作於赤壁兵敗之[三]後。元瑜之才氣不及孔璋，而委婉有姿，[故]魏文帝稱其「書記翩翩」，非虛譽也。

離絕以來，於今三年，無一日而忘前好，亦猶姻媾之義，恩情已深，違異之恨，中間尚淺也。孤懷此心，君豈同哉。每覽古今，所由改趣，因緣侵辱，或起瑕釁，心忿意危，用成大變。孤與昔韓信傷心於失楚，彭寵積望於無異，盧綰嫌畏於已隙，英布憂迫於情漏，此事之緣也。孤與將軍，恩如骨月。割授江南，不屬本州，豈若淮陰捐舊之恨；抑遏劉馥，相厚益隆，甯放朱浮顯露之奏。無匿張勝貸故之變，匪有陰構賁赫之告，固非燕王、淮南之釁也。而忍絕王命，明

[一] 道：後增「者也」。
[二] 錄其：改為「有」。
[三] 之：改為「以」。

棄碩交，實為佞人所構會也。夫似是之言，莫不動聽；因形設象，易為變觀。示之以禍難，激之以恥辱，大丈夫雄心，能無憤發。昔蘇秦說韓，羞以牛後，韓王按劍，作色而怒，雖兵折地割，猶不為悔，人之情也。仁君年壯氣盛，緒信所嬖，既懼患至，兼懷忿恨，不能復遠度孤心，近慮事勢，遂齎見薄之決計。秉翻然之成議，加劉備之扇揚，事結釁連，推而行之，想暢本心，不願於此也。孤之薄德，位高任重，幸蒙國朝將泰之運，蕩平天下，懷集異類，喜得全功，長享其福。而姻親坐離，厚援生隙，常恐海內多以相責，以為老夫包藏禍心，陰有鄭武取胡之詐，乃使仁君翻然自絕。以是忿忿，懷慙反側。常思除棄小事，更申前好，一族俱榮，流祚後嗣，以明雅素中誠之效。抱懷素年，未得散意。昔赤壁之役，遭離疫氣，燒舡自還，以避惡地，非周瑜水軍所能抑挫也。江陵之守，物盡穀殫，無所復據，徙民還師，又非瑜之所能敗也。荊土本非己分，我盡與君，冀取其餘，非相侵肌膚，有所割據也。思計此變，無傷於孤，何必自遂於此，不復還之。高帝設爵以延田橫，光武指河而誓朱鮪，君之負累，豈如二子。是以至情，願聞德音。往年在譙，新造舟舡，取足自載，以至九江，貴欲觀湖濼之形，定江濱之民耳，非有深入攻戰之計。將恐議者大為己榮，自謂策得，長無西患，重以此故，未肯迴情。然智者之慮，慮於未形；達者所規，規於未兆。是故子胥知姑蘇之有麋鹿，輔果識智伯之為趙禽，穆生謝病，以免楚難，鄒陽北遊，不同吳禍。此四士者，豈聖人哉。徒通變思深，以微知著耳。以君之明，觀孤術數，量君所據，相計土地，豈勢少力乏，不能遠舉，割江之表，晏安而已哉。甚未然也。若恃水戰，臨江塞要，欲令王師終不得渡，亦未必也。夫水戰千里，情巧萬端，越為三軍，吳曾不禦；漢潛夏陽，魏豹不意。江河雖廣，其長難衛也。凡事有宜，不得盡言，將修舊好而張形勢，更無以威脅重敵人。然有所恐，恐書無益。何則，往者軍逼而自引還，今日在遠而興慰納，辭遜意狹，謂其力盡，適以增驕，不足相動，但知效古，當自圖之耳。昔淮南信左吳之策，漢隗囂納王元之言，彭寵受親吏之計，三夫不寤，終為世笑。梁王不受詭勝，竇融斥逐張玄，二賢既覺，福亦隨之；願君少留意焉。若能內取子布，外擊劉備，以效赤心，用復前好，則江表之任，長以相付，高位重爵，坦然可觀，上令聖朝無東顧之勞，下令百姓保安全之福，君享其榮，孤受其利，豈不快哉。若忽至誠，以處僥倖，婉彼二人，不忍加罪，所謂小人之仁，大忠之賊，大雅之人，不肯為此也。若憐子布，願言俱存，亦能傾心去恨，順君之情，更與從事，取其後善，但禽劉備，亦足為效。開設二者，審处一焉。聞荊揚諸將，並得降者，皆言交州為君所執，豫章距命，不承執事，疫旱並行，人兵減損，各求進軍，其言云云。孤聞此言，未以為悅。然道路既遠，降者難信，幸人之災，君子不為。且又百姓國家之有，加懷區區，樂欲崇和，庶幾明德。來見昭副，不勞而定，於孤益貴，是姑按兵守次，遣書致意。古者兵交，使在其中，願仁君及孤，虛心回意，以應詩人補衮之嘆，而慎周易牽復之義。濯鱗清流，飛翼天衢，良時在茲，勗之而已。

應瑒、劉楨皆以詩勝者[也]。應瑒錄[一]《侍五官中郎將建章臺集》詩一首[二]：

朝雁鳴雲中，音響一何哀。問子游何鄉，戢翼正徘徊。言我寒門來，將就寒門棲。往春翔北土，今冬客南淮。遠行蒙霜雪，毛羽日摧頹。常恐傷肌骨，身隕沈黃泥。簡珠墮沙石，何能中自諧。欲因雲雨會，濯羽陵高梯。良遇不可值，伸眉路何階。公子敬愛客，樂飲不知疲。和顏既以暢，乃肯顧細微。贈詩見存慰，小子非所宜。為且極歡情，不醉且無歸。凡百敬爾位，以副饑渴懷。

劉楨，錄其[三]《贈五官中郎將》[四]四首：

昔我從元后，整駕至南鄉。過彼豐沛都，與君共翱翔。四節相推斥，季冬風且涼。眾賓會廣坐，明鐙熺炎光[五]。清歌製妙聲，萬舞在中堂。金罍含甘醴，羽觴行無方。長夜忘歸來，聊且為大康。四牡向路馳，歎悅誠未央。

余嬰沉痼疾，竄身清漳濱。自夏涉元冬，彌曠十餘旬。常恐遊岱宗，不復見故人。所親一

---

[一] 應瑒錄：改為『觀應瑒』。

[二] 一首：改為『可見一斑』。

[三] 錄其：改為『有』。

[四]《贈五官中郎將》：後增『詩』。

[五] 炎光：原稿本作『炎炎』，出韻，據通行本改。

何篤，步趾慰我身。清談同口夕，情眄敘憂勤。便復為別辭，遊車歸西隣。素葉隨風起，廣路揚埃塵。逝者如流水，哀此遂離分。追問何時會，要我以陽春。望慕結不解，貽爾新詩文。勉哉脩令德，北面自寵珍。

秋日多悲懷，感慨以長歎。終夜不遑寐，敘意於濡翰。明鐙曜閨中，清風淒已寒。白露塗前庭，應門重其關。四節相推斥，歲月忽欲殫。壯士遠出征，戎事將獨難。涕泣灑衣裳，能不懷所歡。

涼風吹沙礫，霜氣何皚皚。明月照緹幕，華燈散炎輝。賦詩連篇章，極夜不知歸。君侯多壯思，文雅縱横飛。小臣信頑鹵，僶勉安能追。

文帝之《典論》曰：『今之文人，魯國之孔融文舉、廣陵之陳琳孔璋、山陽之王粲仲宣、北海之徐幹偉長、陳留之阮瑀元瑜、汝南之應瑒德璉、東平之劉楨公幹，斯七子者，於學無所遺，於辭無所假，咸自以為騏騄騁於千里，仰則齊足而並馳。王粲者長於辭賦，徐幹者時有英氣。[雖然粲无其匹]，如粲之初征、登樓、征思[一]、槐賦，幹之漏卮、團扇、橘賦，雖張蔡不過[二]也。[其於他之文，則不能稱是。]琳、瑀之章表書記者，今之雋也。應瑒者和而不壯，劉楨者壯而不密。孔融者體氣高妙，有過人者，然不能持論，理不勝於辭，而至於嘲戲。其所善

[一] 征思：修訂本誤删『征』字。

[二] 不過：改為『不是過』。

者，揚班之儔也。』文帝之評，可謂當[一]矣。而宋謝靈運又評七子曰：『王粲者，家於秦川，貴公之子孫，遭亂而流寓，自傷情多；陳琳者，以為袁本初書記之故，多述喪亂之事；徐幹者，少無官情，有箕潁之心事，故仕世而素辭多；劉楨者，卓犖偏人，文最有氣，所得頗多；應瑒者，汝潁之士，流離世故，頗有輕薄之歎；阮瑀者，為書記之任，故有優渥之言。若拔諸子之尤者，其王粲與劉楨乎。』又《談藝錄》云：『漢魏之交，文人特茂，雖然衰世叔運，終鮮粹才。孔融懿名逶迤，失之靡靡；休璉《百一》，微能自振，然傷於媚；仲宣者流客，慷慨有懷於西京之餘，可誦者鮮；陳琳者意氣鏗鏘，非風人之度；阮生優緩有餘，劉楨錐角重峭，割曳緜懸，可以並稱。』凡此批評，皆確當也。夫建安之作者，徒有氣象，而按之於道，俱未能不詭也。蓋縟采有餘，氣體不振，已為六朝之萌芽。此漢魏之文，凡三變而愈下者也。坊間有《漢魏一百三家集》，可讀也。惜為後人纂集而成，純雜不一耳。

# 第四章　晉代之文學

晉初武帝承魏祚，立學校，大學生徒三千人。太始八年生徒至七千餘人。咸甯二年，起國子學。當時荀顗以制度，鄭沖以儒術，張華以博物，劉寔以禮法，文獻振興[二]。既平吳蜀，國

[一] 當：改為「允」。
[二] 文獻振興：改為「有足徵者」。

家無事，武帝縱侈宴樂，上下輕奢，以成風習。士大夫舉宗老莊之學，輕禮法，尚放達，縱酒昏酣，放議[一]元理，以清談為事，世俗為之一變。觀劉伶之《酒德頌》可知其一斑[二]矣：

有大人先生，以天地為一朝，萬[三]物為須臾，日月為扃牖，八荒為庭衢。行無轍迹，居無室廬，幕天席地，縱意所如。止則操卮執觚，動則挈榼提壺，惟酒是務，焉知其餘。有貴介公子，搢紳處士，聞吾風聲，議其所以，乃奮袂攘襟，怒目切齒，陳說禮法，是非鋒起。先生於是方捧甖承槽，銜杯漱醪，奮髯箕踞，枕麴藉糟，無思無慮，其樂陶陶。兀然而醉，豁爾而醒。靜聽不聞雷霆之聲，熟視不覩泰山之形。不覺寒暑之切肌，利欲之感情。俯觀萬物，擾擾焉如江漢之載浮萍。二豪侍側焉，如蜾蠃之與螟蛉。

當時[四]山濤、嵇康、阮籍、阮咸、向秀、王戎、劉伶等，謂之『竹林七賢』，皆崇尚老莊虛無之學，輕蔑禮法[五]。嵇康有《絕交書》：

康白：足下昔稱吾於潁川，吾嘗謂之知言。然經怪此意，尚未熟悉於足下，何從便得之也。

[一] 放議：改為『高論』。
[二] 其一斑：改為『當時之放蕩』。
[三] 萬：原稿本作『為』，義不可解，據通行本改。
[四] 當時：改為『當時有』。
[五] 禮法：後增『山濤能識王衛女，識固自不凡』。

前年從河東還，顯宗、阿都說，足下議以吾自代，事雖不行，知足下故不知之。足下傍通，多可而少怪，吾直性狹中，多所不堪，偶與足下相知耳。間聞足下遷，惕然不喜，恐足下羞庖人之獨割，引尸祝以自助，手薦鸞刀，漫之羶腥。故具為足下陳其可否。吾昔讀書，得並介之人，或謂無之，今乃信其真有耳。性有所不堪，真不可強。今空語同知有達人，無所不堪，外不殊俗，而內不失正，與一世同其波流，而悔吝不生耳。老子、莊周，吾之師也，親居賤職；柳下惠、東方朔，達人也，安乎卑位。吾豈敢短之哉。又仲尼兼愛，不羞執鞭；子文無欲卿相，而三登令尹。是乃君子思濟物之意也。所謂達能兼善而不渝，窮則自得而無悶。以此觀之，故堯、舜之君世，許由之巖棲，子房之佐漢，接輿之行歌，其揆一也。仰瞻數君，可謂能遂其志者也。故君子百行，殊塗而同致，循性而動，各附所安。故有處朝廷而不出，入山林而不反之論。且延陵高子臧之風，長卿慕相如之節，志氣所託，不可奪也。吾每讀尚子平、臺孝威傳，慨然慕之，想其為人。少加孤露，母兄見驕，不涉經學，性復疏懶，筋駑肉緩，頭面常一月十五日不洗，不大悶癢，不能沐也。每常小便而忍不起，令胞中畧轉，乃起耳。又縱逸來久，情意傲散，簡與禮相背，嬾與慢相成，而為儕類見寬，不攻其過。又讀莊老，重增其放。故使榮進之心日頹，任實之情轉篤。此由禽鹿，少見馴育，則服從教制，長而見羈，則狂顧頓纓，赴蹈湯火，雖飾以金鑣，饗以嘉肴，逾思長林而志在豐草也。阮嗣宗口不論人過，吾每師之，而未能及。至性過人，與物無傷，唯飲酒過差耳。至為禮法之士所繩，疾之如讎，幸賴大將軍保持之耳。以不如嗣宗之賢，而有慢馳之闕，又不識人情，闇於機宜。無萬石之慎，而有好盡之累，久與事接，疵釁日興，雖欲無患，其可得乎。又人倫有禮，朝廷有法，自惟至熟，有必不堪者七，甚不可者二。臥喜晚起，而當關呼之不置，一不堪也；抱琴行吟，弋鉤草野，而吏卒守之，不得妄動，二不堪也；危坐一時，痹不得搖，性復多蝨，把搔無已，而當[一]裹以章服，揖拜上官，三不堪也；素不便書，又不喜作書，而人間多事，堆案盈几，不相酬答，則犯教傷義，欲自勉強，則不能久，四不堪也；不喜弔喪，而人道以此為重，已未見恕者所怨，至欲見中傷者，雖瞿然自責，然性不可化，欲降心順俗，則詭故不情，亦終不能獲無咎無譽，如此五不堪也；不喜俗人，而當與之共事，或賓客盈坐，鳴聲聒耳，囂塵臭處，千變百伎，在人目前，六不堪也；心不耐煩，而官事鞅掌，機務纏其心，世故繁其慮，七不堪也。又每非湯武而薄周孔，在人間不止此事，會顯世教所不容，此甚不可一也。剛腸疾惡，輕肆直言，遇事而發，此甚不可二也。以促中小心之性，統此九患，不有外難，當有內病，甯可久處人間邪。又聞道士遺言，餌術黃精，令人久壽，意甚信之。遊山澤，觀魚鳥，心甚樂之。一行作吏，此事便廢，安能舍其所樂，而從其所懼哉。夫人之相知，貴識其天性，因而濟之。禹不偪伯成子高，全其節也；仲尼不假蓋於子夏，護其短也。近諸葛孔明不偪元直以入蜀，華子魚不强幼安以卿相。此可謂能相始終，真相知者也。足下見直木必不可為輪，曲者不可為桷，蓋不欲以枉其天才，令得其所也。故四民有業，各以得志為樂，唯達者為能通之，此足下度內耳。不可自見好章甫，强越人以文冕也；

[一] 當：原稿本作『章』，義不可解。此據通行本改。

己嗜臭腐，養鴛雛以死鼠也。吾頃學養生之術，方外榮華，去滋味，游心於寂寞，以無為為貴，縱無九患，尚不顧足下所好者。又有心悶疾，頃轉增篤，私意自試，不能堪其所不樂。自卜已審，若道盡塗窮則已耳。足下無事冤之，令轉於溝壑也。吾新失母兄之歡，意常悽切。女年十三，男年八歲，未及成人，況復多病，顧此悢悢，如何可言。今但願守陋巷，教養子孫，時與親舊敘闊，陳說平生。濁酒一杯，彈琴一曲，志願畢矣。足下若嬲之不置，不過欲為官得人，以益時用耳。足下舊知吾潦倒麤疎，不切事情，自惟亦皆不如今日之賢能也。若以俗人皆喜榮華，獨能離之，以此為快，此最近之，可得言耳。然使長才廣度，無所不淹，而能不營，乃可貴耳。若吾多病困，欲離事自全，以保餘年，此真所乏耳。豈可見黃門而稱貞哉。若趣欲共登王塗，期於相致，共為懽益，一旦迫之，必發其狂疾。自非重怨，不至於此也。野人有快炙背而美芹子者，欲獻之至尊，雖有區區之意，亦已疏矣。願足下勿似之。其意如此。既以解足下，並以為別。嵇康白。[一]

觀其詞旨，直以無為宗，以虛為歸矣。故當時[二]之詩文，頗有影響[三]。而七賢中，惟阮籍、

[一] 嵇康白：後增『頗有傲逸之致』。
[二] 當時：後增『一般人』。
[三] 頗有影響：改為『頗有受此種影響者』。

嵇康文學優勝[一]耳。

惠帝元康元年，立學官之制，以矯猥雜之弊。惠帝以後，內有宗室之鬩爭[二]，外有羌胡之割據，擾亂相踵。至愍帝降漢[三]，文獻墜地[四]。東晉成帝咸康三年，從袁瓌懷之請，立大學。士大夫猶尚老莊，儒術不振。自穆帝至孝武，亦或振起學政，然老莊之餘波未盡，東晉之文運衰矣[五]。

晉代學者，始則何晏等祖述老莊，立論以虛無為本。王衍之徒，皆愛重之。自是[朝廷]士大夫舉以浮誕為美，百務廢弛。裴頠著《崇有論》欲矯其弊，而習俗已成，無如之何矣[六]。[《崇有論》之言曰：]

夫總混羣本，宗極之道也。方以族異，庶類之品也。形象著分，有生之體也。化感錯綜，理迹之原也。夫品而為族，則所稟者偏，偏無自定，故憑乎外資。是以生而可尋，所謂理也；理之所體，所謂有也；有之所須，所謂資也；資有攸合，所謂宜也；擇乎厥宜，所謂情也。識智既授，雖出處異業，默語殊塗，所以寶生存宜，其情一也。衆理並

[一] 優勝：前增「為」。
[二] 鬩爭：原稿本無法識別，此據修訂本。
[三] 降漢：改為「而降漢矣」。
[四] 文獻墜地：改為「當何文獻之足言哉」。
[五] 文運衰矣：改為「文學益衰矣」。
[六] 無如之何矣：改為「無可挽救」。

而無害，故貴賤形焉；失得[一]由乎所接，故吉凶兆焉。是以賢人君子，知欲不可絕，而交物有會。觀乎往復，稽中定務。惟夫用天之道，分地之利，躬其力任，勞而後饗。居以仁順，守以恭儉，率以忠信，行以敬讓，志無盈求，事無過用，乃可濟乎。故大建厥極，綏理羣生，訓物垂範，於是乎在，斯則聖人為政之由也。若乃淫抗陵肆，則危害萌矣。故欲衍則速患，情佚則怨博，擅恣則興攻，專利則延寇，可謂以厚生而失生者也。悠悠之途，駭乎若茲之釁，而尋艱爭所。緣察夫偏質有弊，而覩簡損之善，遂闡貴無之議，而建賤有之論。賤有則必外形，外形則必遺制，遺制則必忽防，忽防則必忘禮。禮制勿存，則無以為政矣。眾之從上，猶水之居器也。故兆庶之情，信於所習。習則心服其業，業服則謂之理然。是以君人必慎所教，班其政刑，一切之務，分宅百姓，各授其職，能令稟命之者，不肅而安，忽然忘異，莫有遷志。況於據在三之尊，懷所隆之情，教以為訓者哉。斯乃昏明所階，不可不審。夫盈欲可損而未可絕有也，過用可節而未可謂無貴也。蓋有講言之具者，深列有形之故，盛稱空無之美。形器之故有徵，空無之義難檢，辯巧之文可悅，似象之言足惑，眾聽眩焉，溺其成說。雖頗有異此心者，辭不獲濟，屈於所狎，因謂虛無之理，誠不可易。蓋唱而有和，多往弗反，遂薄綜世之務，賤功烈之用，高浮游之業，埤經實之賢。人情所殉，篤夫名利。於是文者衍其辭，訥者讚

[一] 失得：原稿本作『失所』，意不可解。據通行本改。

其旨，染其衆也。是以立言藉其虛無，謂之玄妙；處官不親所司，謂之雅遠；奉身散其廉操，謂之曠達。故砥礪之風，彌以陵遲。放者因斯，或悖吉凶之禮，而忽容止之表，瀆棄長幼之序，混漫貴賤之級。其甚者至於裸裎，言笑忘宜，以不惜為宏，士行又虧矣。老子既著五千之文，表摭穢雜之弊，甄舉靜一之義，有以令人釋然自夷，合於易之損、謙、艮、節之旨。而靜一守本，無虛無之謂也。損艮之屬，蓋君子之一道，非易之所以為體，守本無也。觀老子之書，雖博有所經，而云『有生於無』，以虛為主，偏立一家之辭，豈有以而然哉。人之既生，以保生為全；全之所階，以順感為務。若昧近以卑業，則沈溺之釁興；懷末以忘本，則天理之真滅。故動之所交，存亾之會也。夫有非有於無非無，無非無於有非有，是以申縱播之累，而著貴無之文。將以絕所非之盈謬，存大善之中節，收流遁於既過，反澄正於胸懷。宜其以無為辭，而旨在全有，故其辭曰『以為文不足』。若斯，則是所寄之塗，一方之言也。若謂至理信以無為宗，則偏而害當矣。先賢達識，以非所滯，示之深論。惟班固著難，未足折其情。孫卿、揚雄，大體抑之，猶偏有所許。而虛無之言，日以廣衍，衆家扇起，各列其說，上及造化，下被萬事，莫不貴無，所存僉同。情以衆固，乃號凡有之理，皆義之埤者，薄而鄙焉。辯論人倫及經明之業，遂易門肆。頠用矍然，申其所懷，而攻者盈集。或以為一時口言。有客幸過，咸見命著文，擿列虛無不允之徵。若未能每事釋正，則無家之義弗可奪也。頠退而思之，雖君子宅情，無求於顯，及其立言，在乎達旨而已。然去聖久遠，異同紛糾，苟少有髣鶡，可以崇濟先典，扶明大業，有益於時，則惟患言之不能，焉得靜默，及未舉一隅，略示所存而已哉。夫至無者無以能生，故始生者自生也。自生而必體有，則有遺而生虧矣。生以有為已分，則虛無是有之所謂遺者也。故養既化之有，非無用之所能全也；理既有之眾，非無為之所能循也。心非事也，而制事必由於心，然不可以制事以非事，謂心為無也。匠非器也，而制器必須於匠，然不可以制器以非器，謂匠非有也。是以欲收重泉之鱗，非偃息之所能獲也；隕高墉之禽，非靜拱之所能捷也；審投絃餌之用，非無知之所能覽也。由此而觀，濟有者皆有也，虛無奚益於已有之羣生也哉。

案頠，字逸民，河東聞喜人。博學有遠識。惠帝時，累遷侍中。頠深患時俗放蕩，不尊儒術，何晏、阮籍、王衍之徒，口談浮虛，風教淩遲，因著斯論。其義純實，其辭奧衍，晉人第一篇文字[一]。同時有王坦之者，字文度，太原晉陽人，拜侍中。覩風俗之放蕩，不尊儒教，頗尚刑名，因撰《廢莊論》[曰]：

荀卿稱莊子『蔽於天而不知人』，揚雄亦曰『莊周放蕩而不法』，何晏云『鬻莊軀，放元虛，而不周乎時變』。三賢之言，遠有當乎。夫獨構之唱，唱虛而莫和；無感之作，義偏而用寡。動人由於兼忘，應物在乎無心。孔父非不體遠，以體遠故用近；顏子豈不具德，以德備故膺教。

[一] 文字：後增『也』。

胡為其然哉，不獲已而然也。夫自足者寡，故理懸於羲農；徇教者眾，故義申於三代。道心惟微，人心惟危，吹萬不同，孰知正是。雖首陽之情，三黜之旨，摩頂之甘，落毛之愛，枯槁之生，負石之死，格諸中庸，未入乎道，而況下斯者乎。先王知人情之難肆，懼違行以致訟，悼司徹之貽悔，審褫帶之所緣，故陶鑄羣生，謀之未兆，每攝其契，而為節焉。使夫敦禮以崇化，日用以成俗，誠存而邪忘，利損而競息，成功遂事，百姓皆曰我自然。蓋善闇者無怪，故所遇而無滯，執道以離俗，孰踰於不達。語道而失其為者，非其道也；辯德而有其位者，非其德也。言默所未究，況揚之以為風乎。且即濠以尋魚，想彼之我同；推顯以求隱，理得而情昧。若夫莊生者，望大廷而撫契，仰彌高於不足，寄積想於三篇，恨我之懷未盡，其言詭譎，其義恢誕。君子內應，從我游方之外，眾人因藉之，以為弊薄之資。然則天下之善人少，不善人多，莊子之利天下也少，害天下也多。故曰魯酒薄而邯鄲圍，莊生作而風俗頹。禮與浮雲俱征，偽與利蕩並肆，人以克己為恥，士以無措為通，時無履德之譽，俗有蹈義之愆。驟語賞罰不可以造次，屢稱無為不可與適變。雖可用於天下，不足以用天下。昔漢陰丈人修渾沌之術，孔子以為識其一不識其二，莊生之道，無乃類乎。與夫如愚之契，何殊間哉。若夫利而不害，天之道也；為而不爭，聖之德也。羣方所資而莫知誰氏，在儒而非儒，非道而有道，彌貫九流，元同彼我，萬物用之而不既，亹亹日新而不朽，昔吾孔老，固已言之矣。

論則救時，文頗簡遠，足以厚風俗而正人心者也。其他經世之士，顯於世者，如山濤、王導、卞壺、溫嶠、陶侃、謝安、謝元等，亦大有造於國家者也。壺、侃[尤]有意糾正時俗，惜[一]莫奏其功。至若著書立論，傳於後世者，則有杜預之《左氏集解》、皇甫謐之《帝王世紀》、傅元之《傅子》、陳壽之《三國志》、陶潛之詩賦、阮瞻之《無鬼論》、沙門道安之佛說，莫不[二]有補於文運。詞藻如張華、左太沖、陸機、陸雲、潘岳、潘尼、張載、張協、孫綽之徒，並[三]結藻遒英。郭璞、束晳[四]時號巨擘，然不免以博溺心，以文滅質。而惟陶潛之詩文，氣體瀟灑，千古不刊，有非諸人所能及者。

當時知文之言，無過於陸機之《文賦》與摯虞之《文章流別論》。機妙解情理，心識文體，故作《文賦》，以述先士之盛藻，因論作文之利害所由。其辭曰：

佇中區以玄覽，頤情志於典墳。遵四時以歎逝，瞻萬物而思紛。悲落葉於勁秋，喜柔條於芳春。心懍懍以懷霜，志眇眇而臨雲。詠世德之駿烈，誦先人之清芬。遊文章之林府，嘉麗藻之彬彬，慨投篇而援筆，聊宣之乎斯文。其始也，皆收視反聽，耽思傍訊，精騖八極，心遊萬仞。其致也，情曈曨而彌鮮，物昭晰而互進。傾羣言之瀝液，漱六藝之芳潤。浮天淵以安流，濯下泉而潛浸。於是沈辭佛悅，若遊魚銜鉤而出重淵之深；浮藻聯翩，若翰鳥纓繳而墜曾雲之

[一] 惜：改為『惜乎』。
[二] 莫不：改為『要皆』。
[三] 並：改為『並□』。
[四] 晳：原稿本誤書作『晳』，徑改。

峻。收百世之闕文，採千載之遺韻；謝朝華於已披，啟夕秀於未振；觀古今於須臾，撫四海於一瞬。然後選義按部，考辭就班，抱景者咸叩，懷響者畢彈。或因枝以振葉，或沿波而討源；或本隱以之顯，或求易而得難；或虎變而獸擾，或龍見而鳥瀾；或妥帖而易施，或岨峿而不安。罄澄心以凝思，眇眾慮而為言；籠天地於形內，挫萬物於筆端。始躑躅於燥吻，終流離於濡翰。理扶質以立幹，文垂條而結繁。信情貌之不差，故每變而在顏；思涉樂其必笑，方言哀而已歎。或操觚以率爾，或含毫而邈然。伊茲事之可樂，固聖賢之所欽；課虛無以責有，叩寂寞而求音；函緜邈於尺素，吐滂沛乎寸心。言恢之而彌廣，思按之而逾深；播芳蕤之馥馥，發青條之森森；粲風飛而猋豎，鬱雲起乎翰林。體有萬殊，物無一量，紛紜揮霍，形難為狀。辭程才以效伎，意司契而為匠，在有無而僶俛，當深淺而不讓。雖離方而遯員，期窮形而盡相。故夫夸目者尚奢，愜心者貴當，言窮者無隘，論達者惟曠。詩緣情而綺靡，賦體物而瀏亮；碑披文以相質，誄纏緜而悽愴；銘博約而溫潤，箴頓挫而清壯；頌優遊以彬蔚，論精微而朗暢；奏平徹以閑雅，說煒燁而譎誑。雖區分之在業，亦禁邪而制放；要辭達而理舉，故無取乎冗長。其為物也多姿，其為體也屢遷；其會意也尚巧，其遺言也貴妍。暨音聲之迭代，若五色之相宣；雖逝止之無常，固崎錡而難便；苟達變而識次，猶開流以納泉。如失機而後會，恒操末以續顛，謬元黃之秩敘，故淟涊而不鮮。或仰逼於先條，或俯侵於後章；或辭害而理比，或言順而義妨。離之則雙美，合之則兩傷。考殿最於錙銖，定去留於毫芒。苟銓衡之所裁，固應繩其必當。或文繁理富，而意不指適，極無兩致，盡不可益。立片言而居要，乃一篇之警策。雖眾辭之有條，必待茲而效績。亮功多而累寡，故取足而不易。或藻思綺合，清麗千眠；炳若縟繡，悽若繁絃。必所擬之不殊，乃闇合乎曩篇。雖杼軸於予懷，怵他人之我先。苟傷廉而愆義，亦雖愛而必捐。或苕發穎豎，離衆絕致；形不可逐，響難為係。塊孤立而特峙，非常音之所緯；心牢落而無偶，意徘徊而不能揥。石韞玉而山輝，水懷珠而川媚；彼榛楛之勿翦，亦蒙榮於集翠。綴下里於白雪，吾亦濟夫所偉。或託言於短韻，對窮迹而孤興；俯寂寞而無侶，仰寥廓而莫承。譬偏絃之獨張，含清唱而靡應。或寄辭於瘁音，言徒靡而弗華；混妍蚩而成體，累良質而為瑕。象下管之偏疾，故雖應而不和。或遺理以存異，徒尋虛以逐微；言寡情而鮮愛，辭浮漂而不歸。猶絃么而徽急，故雖和而不悲。或奔放以諧合，務嘈囋而妖冶；徒悅目而偶俗，固聲高而曲下。寤防露與桑間，又雖悲而不雅。或清虛以婉約，每除煩而去濫；闕太羹之遺味，同朱絃之清汜。雖一唱而三歎，固既雅而不豔。若夫豐約之裁，俯仰之形，因宜適變，曲有微情。或言拙而喻巧，或理樸而辭輕；或襲故而彌新，或沿濁而更清；或覽之而必察，或研之而後精。譬猶舞者赴節以投袂，歌者應絃而遺聲。是蓋輪扁所不得言，故亦非華說之所能精。普辭條與文律，良余膺之所服；練世情之常尤，識前修之所淑。雖濬發於巧心，或受蚩於拙目。彼瓊敷與玉藻，若中原之有菽；同橐籥之罔窮，與天地乎並育。雖紛藹於此世，嗟不盈於予掬。患挈瓶之屢空，病昌言之難屬。故踸踔於短垣，放庸音以足曲；恒遺恨以終篇，豈懷盈而自足。俱蒙塵於叩缶，顧取笑乎鳴玉。若夫應感之會，通塞之紀，來不可遏，去不可止，藏若影滅，行猶響起。方天機之駿利，夫何紛而不理。思風發於胷臆，言泉流於脣齒。紛葳蕤以馺遝，唯毫素之所擬。文徽徽以溢目，音泠泠而盈耳。及其六情底滯，志往神留，兀若枯木，豁若涸流。攬營魂以探賾，頓精爽於自求。理翳翳而愈伏，思乙乙其若抽。是以或竭情而多悔，或率意而寡尤；雖茲物之在我，非餘力之所勠。故時撫空懷而自惋，吾未識夫開塞之所由。伊茲文之為用，固眾理之所因。恢萬里而無閡，通億載而為津。俯貽則於來葉，仰觀象乎古人。濟文武於將墜，宣風聲於不泯。塗無遠而不彌，理無微而弗綸。配霑潤於雲雨，象變化乎鬼神。被金石而德廣，流管絃而日新。

摯虞，字仲洽，少師皇甫謐，博學有文。所著《文章流別集》，惜已散佚。今所傳者惟頌、詩、七、賦、箴、銘、誄文、哀、辭、圖讖、碑銘十一類，為不完全之書。

晉代詩文之最可觀者，斷推淵明。其《歸去來辭》，琴言也，僅以文詞目之，失矣。茲復錄其詩數首以示梗概[一]。

［飲酒二十首（有序）］

［余閒居寡歡，兼此夜已長，偶有名酒，無夕不飲。顧影獨盡，忽焉復醉。既醉之後，輒題數句自娛。紙墨遂多，辭無詮次。聊命故人書之，以為歡笑爾。］

衰榮無定在，彼此更共之。邵生瓜田中，甯似東陵時。寒暑有代謝，人道每如茲。達人解其會，逝將不復疑。忽與一觴酒，日夕歡相持。

[一] 數首以示梗概：改為『如《飲酒》二十首』。

積善云有報，夷叔在西山。善惡苟不應，何事空立言。九十行帶索，饑寒況當年。不賴固窮節，百世當誰傳。

道喪向千載，人人惜其情。有酒不肯飲，但顧世間名。所以貴我身，豈不在一生。一生復能幾，倏如流電驚。鼎鼎百年內，持此欲何成。

棲棲失羣鳥，日暮猶獨飛。徘徊無定止，夜夜聲轉悲。厲響思清晨，遠去何所依。因值孤生松，斂翮遙來歸。勁風無榮木，此蔭何不衰。託身已得所，千載不相違。

結廬在人境，而無車馬喧。問君何能爾，心遠地自偏。採菊東籬下，悠然見南山。山氣日夕佳，飛鳥相與還。此中有真意，欲辨已忘言。

行止千萬端，誰知非與是。是非苟相形，雷同共譽毀。三季多此事，達士似不爾。咄咄俗中愚，且當從黃綺。

秋菊有佳色，裛露掇其英。汎此忘憂物，遠我遺世情。一觴雖獨進，杯盡壺自傾。日入羣動息，歸鳥趣林鳴。嘯傲東軒下，聊復得此生。

青松在東園，衆草沒其姿[一]。凝霜殄異類，卓然見高枝。連林人不覺，獨樹衆乃奇。提壺撫寒柯，遠望時復為。吾生夢幻間，何事紲塵羈。

清晨聞叩門，倒裳往自開。問子為誰歟，田父有好懷。壺漿遠見候，疑我與時乖。繿縷茆

[一] 姿：原稿本作『萎』，出韻。據通行本改。

簷下，未足為高棲。一世皆尚同，願君汨其泥。深感父老言，稟氣寡所諧。紆轡誠可學，違己詎非迷。且共歡此飲，吾駕不可回。

在昔曾遠遊，直至東海隅。道路迥且長，風波阻中塗。此行誰使然，似為饑所驅。傾身營一飽，少許便有餘。恐此非名計，息駕歸閒居。

顏生稱為仁，榮公言有道。屢空不獲年，長飢至於老。雖留身後名，一生亦枯槁。死去何所知，稱心固為好。客養千金軀，臨化消其寶。裸葬何必惡，人當解意表。

長公曾一仕，壯節忽失時；杜門不復出，終身與世辭。仲理歸大澤，高風始在茲。一往便當已，何為復狐疑。去去當奚道，世俗久相欺。擺落悠悠談，請從余所之。

有客常同止，取捨邈異境。一士常獨醉，一夫終年醒。醒醉還相笑，發言各不領。規規一何患，兀傲差若穎。寄言酣中客，日沒燭何炳。

故人賞我趣，挈壺相與至。班荊坐松下，數斟已復醉。父老雜亂言，觴酌失行次。不覺知有我，安知物為貴。悠悠迷所留，酒中有深味。

貧居乏人工，灌木荒余宅。班班有翔鳥，寂寂無行蹤。宇宙何悠悠，人生少至百。歲月相從過，鬢邊早已白。若不委窮達，素抱深可惜。

少年罕人事，游好在六經。行行向不惑，淹留遂無成。竟抱窮苦節，飢寒飽所更。敝廬交悲風，荒草沒前庭。披褐守長夜，晨雞不肯鳴。孟公不在茲，終以翳吾情。

幽蘭生前庭，含薰待清風。清風脫然至，見別蕭艾中。行行失故路，任道或能通。覺悟當念還，鳥盡廢良弓。

子雲性嗜酒，家貧無由得。時賴好事人，載醪袪所惑。觴來為之盡，是諮無不塞。有時不肯言，豈不在伐國。仁者用其心，何嘗失顯默。

疇昔苦長饑，投耒去學仕。將養不得節，凍餒固纏己。是時向立年，志意多所恥。遂盡介然分，拂衣歸田裏，冉冉星氣流，亭亭復一紀。世路廓悠悠，楊朱所以止。雖無揮金事，濁酒聊可恃。

羲皇去我久，舉世少復真。汲汲魯中叟，彌縫使其純。鳳鳥雖不至，禮樂暫得新。洙泗輟微響，漂流建狂秦。詩書復何罪。一朝成灰塵。區區諸老翁，為事誠殷勤。如何絕世下，六籍無一親。終日馳車走，不見所問津。若復不快飲，空負頭上巾。但恨多謬誤，君當恕醉人。

歸田園居五首

少無適俗韻，性本愛邱山。誤落塵網中，一去三十年。羈鳥戀舊林，池魚思故淵。開荒南野際，守拙歸園田。方宅十餘畝，草屋八九間。榆柳蔭後簷，桃李羅堂前。曖曖遠人村，依依墟里烟。狗吠深巷中，雞鳴桑樹巔。戶庭無塵雜，虛室有餘閒。久在樊籠裏，復得返自然。

野外罕人事，窮巷寡輪鞅。白日掩荊扉，虛室絕塵想。時復墟曲中，披草共來往。相見無雜言，但道桑麻長。桑麻日已長，我土日已廣。常恐霜霰至，零落同草莽。

種豆南山下，草盛豆苗稀。晨興理荒穢，帶月荷鋤歸。道狹草木長，夕露霑我衣。衣霑不足惜，但使願無違。

久去山澤遊，浪莽林野娛。試攜子姪輩，披榛步荒墟。徘徊邱壟間，依依昔人居。井竈有遺處，桑竹殘朽株。借問採薪者，此人皆焉如。薪者向我言：死沒無復餘。一世異朝市，此語真不虛。人生似幻化，終當歸空無。

悵恨獨策還，崎嶇歷榛曲。山澗清且淺，遇以濯吾足。漉我新熟酒，只雞招近屬。日入空中闇，荆薪代明燭，歡我苦夕短，已復至天地。[一]

讀《山海經》詩一首

孟夏草木長，繞屋樹扶疏。眾鳥欣有託，吾亦愛吾廬。既耕亦已種，時還讀我書。窮巷隔深轍，頗迴故人車。歡言酌春酒，摘我園中蔬。微雨從東來，好風與之俱。汎覽周王傳，流觀山海圖。俯仰終宇宙，不樂復何如。

# 第五章　晉以後始有文筆之分

《文心雕龍》云：『今之常言，有文無筆。無韻者，筆也；有韻者，文也。』然[二]《雕龍》所論列者，藝文之屬，切並包，是則文筆分科，祇存時論，固未嘗以此為[限]界也。昭明太子之序《文選》也，其於歷史，則云『事異篇章』，其於諸子，則云不以能文為貴。此為

[一] 後增『以知其梗概矣』。
[二] 然：改為『按』。

衰次總集，自成一家，體例適然，非不易之定論也。若以文筆區分，則《文選》所登無韻者，亦自[一]不少。故昭明之說，亦未[二]圓滿「也。齊梁以下，四六漸興，降及唐代，四六[三]更卑，然[四]文體不得謂之不卑，而文統[五]不得謂之不正」。韓柳嗣興，重筆輕文，以單行易排偶。北宋蘇氏，謂其『文起八代之衰』，蓋誤以筆為文也[六]。有明以降，士學疎陋，以六朝之文為駢體，唐宋之文為古文（《退庵隨筆》曰：『今人於散體古文，眾口一同，其實未考也。阮芸臺嘗辨之曰：「古人於籀史奇字，始稱古文。至於屬辭成篇，則曰文章」』）。文之體例，莫復能辨，而文之體制，絕無僅有矣。不知古人文筆，皆宗諸子，綜采繁縟，杼軸清英。無非深則得諸子之學術，淺則得諸子之文辭也。蓋諸子之學，為經典之枝條，詞林之根柢也。一孔之士，不治諸子之學，而欲知古人之文筆，不其難哉。故自韓（愈）、柳（宗元）、獨孤（及）、皇甫（湜）、李（翱）、來（無擇）、張（籍）之輩，竟為散體，而美其名曰古文辭，將使駢儷諸家，不登文苑，此固[七]持論之偏者矣。

---

[一] 自：改為『屬』。
[二] 未：改為『未為』。
[三] 四六：改為『駢儷』。
[四] 然：改為『然初唐』。
[五] 文統：改為『中唐文統』。
[六] 蓋誤以筆為文也：改為『宜也』。
[七] 固：改為『又』。

# 第六章　六朝之文學

六朝文學，概尚駢儷。宋自武帝至於新渝侯，其為集者九；梁武帝、簡文帝、明帝、昭明太子，文集至多；後周明帝、陳後主、隋煬帝，製作尤富。蓋自魏晉而下，至宋齊之纖巧，梁陳之刻飾，崇尚駢偶，其氣索然矣。其時顏、謝、江、鮑、任、沈、徐、庾樹幟於南，崔、魏、辥、溫揚鑣於北，其能通經術為文者，南則崔靈恩，北則徐遵，此外蓋不可多得焉。《文選》一書，出於梁昭明所集，自賦騷以及連珠、七體，搜舉分晰，無體弗該。而注之者李善等，其博稱遠引，誠為數代之奇觀。而選本之完善者也，大都世極迍邅，詞旨夷泰，風會使然耳。茲舉其著者[一]如下，俾觀覽焉。

## 一、宋

謝靈運，陳郡陽嘉人。少好學，博覽羣書，文章之美冠[二]江左。封康樂公。其《擬魏太子鄴中詩》八首，可誦也。

顏延之，字延年，瑯琊臨沂人。性褊激，肆意直言，身甚清約。與陳郡之謝靈運，俱以詞

---

[一] 其著者：改為「其文學之著者」。

[二] 冠：改為「冠於」。

采名江左，稱[一]顔謝。其《陶徵士誄》、《祭屈原文》可誦也。

裴松之，字世期，河東聞喜人。嘗注《三國志》，甚詳贍[二]。其學極博，其文[三]如《陳斷私碑表》等，簡明而有體。

謝莊，字希逸。其詞甚麗[四]，年七歲能[五]屬文。所著文章四百餘首，行於世，如《月賦》等入《文選》。

謝惠連，幼而聰敏，年十歲能屬文，族兄靈運深加知[六]賞。嘗為《雪賦》，以高麗[七]為奇。

鮑照，字明遠。好為文章，自謂物莫能及。文辭贍逸，其《蕪城賦》，音節高抗。

范曄，字蔚宗。撰《後漢書》。其文學上繼遷固。後有[八]罪被收，其[九]《獄中與諸甥侄書》可歎[十]也，《宋書》錄之。

---

[一] 稱：改為「世稱」。
[二] 甚詳贍：改為「詳贍而有史才」。
[三] 其文：改為「其他單篇之文」。
[四] 甚麗：改為「濃麗」。
[五] 能：改為「即能」。
[六] 知：改為「歎」。
[七] 高麗：改為「清麗」。
[八] 有：改為「獲」。
[九] 其：改為「觀其」。
[十] 可歎：改為「殊可歎」。

## 二、齊

王儉，字仲寶，瑯琊人。專心篤學，手不釋卷。為中書監。其《褚淵碑文》，可誦也，載《文選》[一]。

王融，字元長。少好學，文章清麗。《文選》載《三月三日曲水詩序》，文藻富麗，當代稱之。其他《求自試表》、《請北伐疏》、《陳時事疏》，《齊書[二]》採之。

謝朓，字元暉，陽夏人。文[三]清麗，尤善五言詩，梁沈約謂『二百年來無此詩也』。《文選》載其《新亭渚別范零陵》一首、《遊東田》一首、《之宣城出新林浦向板橋》一首、《敬亭山詩》一首。

孔稚圭，字德璋，山陰人。少有美譽，風韻清疎。其《北山移文》，辭意俱高。

## 三、梁

元帝，名繹，武帝子。所作詩文雜著甚多。其《蕩婦秋思賦》，聲光神韻，幾無其匹。

江淹，字文通，考城人。宋建平王景素好士，淹隨之遊。時淹系獄，乃上建平王景素書。

[一] 載《文選》：改為『《文選》錄之』。
[二] 書：原稿本誤作『詩』，據修訂本改。
[三] 文：改為『為文』。

景素覽書，即出之。其書與《別賦》等，俱載《文選》。

任昉，字彦升。嫻於文學，《文選》多有采輯者。昉卒，諸子皆幼，人罕贍之，劉峻因著《廣[一]絶交論》。

劉峻，字孝標，平原人。時高祖招文學之士，有高才多被引進，擢以不次。峻率性而動，不能隨衆浮沈，高祖頗嫌之，故不任用，乃作《辨命論》與《廣絶交論》，俱載《文選》。

徐陵，字孝穆。與庾信並稱徐庾。其文沈博絶麗，其文體後世文家宗之。

蕭統，字德施。高祖太子昭明者[二]也。耽文學，輯有《文選》，阮文達[三]謂其非文不選，是也。

范縝，字子真。時竟陵王子良精深釋教，而縝盛稱無佛，因著《神滅論》，洵為救時之言乎。

沈約，字休文。撰《四聲譜》。其文如《奏彈王源》一首、《齊安陸昭王碑文》一首，入《文選》[四]。

邱遲，字希範，吳興人。八歲能屬文，其文與詩如《旦發漁浦潭》一首、《與陳伯之書》一首，入《文選》。

[一] 廣：原稿本漏此字，據修訂本補。
[二] 者：改為「是」。
[三] 阮文達：改為「清代阮文達」。
[四] 入《文選》：改為「《文選》采之」。

王筠，字元禮，瑯琊人。時太原、瑯琊兩派，爵位文章，俱耀史冊，而文章[一]則瑯琊尤盛。

鍾嶸，字仲偉。嘗品古今五言詩，論其優劣，名為《詩品[二]》。所論古今詩學源流，及比興賦相倚為用，詩之體盡矣，其教大矣[三]，可與《文心雕龍》並壽[四]。

劉勰，字彥和。篤志好學，撰《文心雕龍》五十篇，深得文中甘苦之論。學者不可不讀也。

## 四、陳

後主，名叔寶，字元秀。嫻於文詞，惜不明大義，流於荒淫，以至亡國[五]。

何之元，著《梁史》三十卷，號曰梁監。

江總，字總持。臺城陷，總避難至會稽，作《修心賦》。總寬和溫裕，好學能屬文，嘗自序其畧，文載《陳書》。惜其文傷於浮豔，與陳暄、孔範、王瑗等十餘人，陪宴後庭，時人謂之狎客。及入隋，又為上開府，較長樂老殆又甚焉。又自託菩薩戒，益可醜矣。其自序之文，人謂之實錄。

---

[一] 文章：改為「文學」。

[二] 品：原稿本誤作「評」，徑改。

[三] 其教大矣：改為「其學可謂深矣」。

[四] 壽：改為「並重」。

[五] 亡國：後增「觀其詞可知，皆亾國之音也」。

## 五、魏

高允，字伯恭。少時為沙門，名法淨，未久而罷。性好文學，博通經史、天文、數術。時魏無禮教，允作《明禮教疏》，其言與經傳相表裏。當道武初定中原，即於平城立太學，置五經博士，生員千餘人。天興二年，又增國子太學生員三千人。後允奏郡國各立學，時燕齊趙魏之間，橫經著錄，不可勝數，州舉茂異，郡選秀才，至孝文宣武而彌盛，則允之流澤遠矣。時江左方汨清談，相尚辭采，北方之學，於是莫之先矣。

崔光，字長仁。家貧好學，其《答四足翼雞表》《諫太后表》《諫登佛國表》，俱載《魏書》。

崔鴻，字彥鸞。光弟子，博綜經史。孝昌初，拜給事黃門侍郎。鴻弱冠，便有著述之志。見晉魏前史，皆成一家，無所措意，以劉淵、石勒、慕容儁、苻健、慕容垂、姚萇、慕容德、赫連勃勃、張軌、李雄、呂光、乞伏國仁、禿髮烏孤、李暠、沮渠蒙遜、馮跋等，各有國書，未能統一，鴻乃撰為《十六國春秋》，勒成百卷。世宗聞其撰錄，遣散騎常侍趙邕，詔鴻送覽。鴻以其書有與國初相涉，言多失體，迄不奏聞。鴻後典起居，乃虛載其表。前人於《十六國春秋》，頗稱良史。

羊深，字文淵。早有風尚，能文章。其《請振學校疏》，見採《魏書》。

崔浩，字伯淵，清河人。少好文學，博覽經史、元象、陰陽、百家之言，研其精義。其《北伐議》，稱其有卓識。

## 六、北齊

杜弼，字輔元。幼聰敏好學，性嗜元〔蜆〕[一]，注老子二卷，作表上之。高祖歎為『旨極精微，言窮深妙』也。

邢邵，字子才。十歲便能屬文，聰明强記。著作典麗，為文學之首。當世宗時，嘗與楊諳、魏收請置學。[二]

魏收，字伯起。力學，以文章顯，與濟陰溫子昇、河間邢子才齊譽，世稱『三才』。其《枕中篇》文辭悚切而音節哀促。

刁柔，字子溫，渤海饒安人。少好學，綜習經史。其文章時有經籍之光。

樊遜，字孝謙，河東猗氏人。專心典籍，恒書壁作『見賢思齊』四字以自勸。其《升中紀號對》、《求才審官對》、《釋道教對》、《刑罰寬猛對》、《禍福報應對》，《北齊書》採之。

## 七[三]、北周

蘇綽，字令綽。時太祖方欲革易時政，宏强國富民之道，綽得盡其智能，贊成其事。所陳

[一] 蜆：原稿本此字意不可解，當為衍字，修訂本删。
[二] 後增『與溫子升齊名』。
[三] 七：原稿本誤作『六』，徑改。

《時事六條》，詔行之，文載《周書》。綽術申韓，故行文有廉悍之致。

庾信，字子山，南陽新野人。幼俊邁，博覽羣書。詩文並綺豔。杜工部云「清新庾開府」，又云「庾信平生最蕭瑟」，又云「庾信文章老更成」，合此三語，可以知其妙[一]矣。其《哀江南賦》為最佳。

樂遜，字遵賢，河東猗氏人。精於《孝經》、《論語》、《毛詩》及服虔所注《春秋左傳》，故其文章湛深經術。

## 第七章　南朝之儒學及梵學

南朝尤以佛教為特色。考梵文之譯，始自晉代，而見諸採用，則自梁始。梁為印度宗教輸入之時代。

宋受晉禪，議建國學，未就，帝殂。元嘉十五年，立儒學館於北京，雷次宗居之。十六年命何尚之立元學，何承天立史學，謝元立文學，文采之隆，鬱然可觀。臧壽、徐廣、傳隆、裴松之並以儒學名，謝靈運、顏延之並以文章名。至齊高帝建元四年，建國子學，張緒為國子祭酒。帝殂而國子學罷。武帝永明三年，復立王儉為國子祭酒。儉以禮學春秋立說，儒術甚盛。

[一] 知其妙：改為「知其文辭之妙」。

惜國不永命，施教未及十年，而文運之隆，移於梵語矣。梁武帝天監四年，詔開五館，建國學，置五經博士各一人，陸璉、沈峻、嚴植、賀瑒選補。博士學生，就會稽雲門山，受業於廬江何允。七年，武帝親釋奠先師。昭明太子蕭統，亦引納才學之士，東宮書幾三萬卷，文學超於晉宋矣。又命蔡法度做《梁律》二十卷，《令》三十卷，頒行。惜武帝晚年崇佛法，無意政治，王侯益橫，士大夫競談元理，終不能救侯景之難。元帝愛文籍，好元談，兼工書畫。魏兵來寇，君若臣於圍城之中，尚詩文唱和，遂焚古今圖書四十萬卷而降。［則當時之專意文學、］荒於國政可知也[一]。

梁武帝又注意於聲韻之學。武帝時，沈約撰《四聲譜》。聲韻[二]之學，肇於西域，傳於中國。漢文帝時，佛說即入中國。梵文與中土文字逈異，故不能並行。而發音之學，早已灌輸。中國當晉太始初，沙門竺曇摩羅察譯《波若經》，始傳入四十一字母。後諸僧所譯，互有異同。據《四庫書目》，切韻之學，漢以前無人知者。其始來自西域，採自晉世，殆非虛語也。陳武初，時經喪亂，寇賊未甯，不遑文教。及文帝崇尚儒教，元嘉以後，始置學官。其學者之名，後世無傳。至若梁代之遺儒，不過僅守一代之文獻而已。

南朝文學之盛，惟梁武帝之世，然梵學亦開於此時。要之，梵文之譯，始於晉，而采用印

［一］可知也：改為『之咎，當專意文學所致哉』。
［二］聲韻：前增『考』。

中國聲韻之學，全仿梵文，攷[一]度學術，則始於梁之韻學。六朝時代，為印度哲學輸入之始。中國聲韻之學者，不可不知也。

# 第八章　北朝之儒學及道教佛教

道武帝初定中原，國事多端，文教久缺[二]。至大武時，始立都邑，先定大學，置五經博士，徵盧元、高允，儒術大興。又尚道教，[自]崔浩信道士寇謙之，起天師道場。獻文時，策制益備，遷都洛邑，建國子大學。孝文篤好墳典，劉芳、李彪等，以經書進呈；崔光、刑巒等以文史用；其餘涉獵典章、嫻習翰墨，莫不迎以好爵，斯文斐[三]然。至於宣武，學制未全，經術彌顯。燕齊趙魏之間，横經著錄者，不可勝數。正光三年，釋奠國學，命祭酒崔光講《孝經》，文運頗振。孝昌以後，海内淆亂，四方諸學，存者無幾。永熙中，復釋奠國學，又於顯揚殿，詔祭酒劉廞講《孝經》，李鬱說《禮記》，盧景宣講《大戴禮記》、《夏小正》。都鄴以後，儒學亦復稍盛[四]。

[一] 攷：改為『究』。
[二] 國事多端，文教久缺：改為『國事叢脞，文教欠變』。
[三] 斐：原稿本無法識別，此據修訂本。
[四] 亦復稍盛：改為『尚盛』。

北齊國學，博士徒有虛名，學生徒取備員。國子一學，生徒不滿數十人。士流及豪富之家，不聞講誦之事。外郡之學生[往往]奔走[於]有司，[皆]遊惰不檢。[凡此者，]由[一]人主尊崇佛教，嘗敕道士剃髮為沙門，不從而見殺者四人。故齊之境，無道無儒，惟一佛教而已。

周[之]太祖好經術，欲行《周官》，命蘇綽[專]掌其事。未幾綽卒，命盧辨依《周禮》建六官，撰朝儀，至於車服器用，一尊古制，改革漢魏，損益後王。太祖又患晉末浮華，因祭魏帝廟，作大誥，體訪典謨，士大夫製作，為[二]之一變。武帝保定三年，于謹[三]為三老，優待學者，文教未[四]大興。雖能斷棄佛老，禁絕淫祀，崇尚儒術，而文運之興，不逮魏孝[五]文遠甚[矣]。

要之南北朝承五胡亂華之後，教化[六]衰息，惟梁武帝時之《切韻》，開唐人翻譯梵文之盛業；魏文時之經術，為唐人勃興儒學之淵源。是實南北朝之[特色，]而文學史上，亦畧可數者也[七]。

[一] 由：改為「是由」。
[二] 為：改為「因」。
[三] 于謹：改為「以于謹」。
[四] 未：改為「未為」。
[五] 孝：原稿本無此字，據修訂本補。
[六] 教化：改為「文教」。
[七] 而文學史上，亦畧可數者也：改為「有功於文學者也」。

# 第九章　隋之文學

自隋文混合南北，統一中國，大興學校，乃詔天下公私文翰，並宜實錄。侍御史李諤，亦以其時文體輕薄，上書懲弊。書云：『連篇累牘，不出月露之形；積案盈箱，儘是風雲之狀。』其所爭[一]良是，惜以儷詞禁製[二]，是猶以酒解酲耳。至煬帝徵辟儒生，時耆宿[多]凋亾，惟劉焯、劉炫，頗貢所學，焯於[三]《九章》、《周髀》，推步[四]日月之經，量度山海之術，靡不窮其秘奧。又著《稽極歷書》、《五經述義》。炫著《論語述義》、《春秋攻昧》、《五經正名》、《孝經述義》、《春秋述義》、《尚書述義》、《毛詩述義》，注[五]《詩序》、《算術》。然隋末大亂，外事征伐，戎馬不息，學者往往轉死溝壑，如炫者[六]，亦以凍餒卒云。

據《隋書》所稱，隋之末世，有[一]大儒王通者，仿『六經』，擬《論語》，事跡摹孔子，門人私謚曰文中子。《四庫總目》謂『《中說》十篇，多相抵牾，蓋其子福郊、福時等纂入遺言，

[一] 所爭：改為『說』。
[二] 禁製：改為『制奏』。
[三] 於：改為『精於』。
[四] 推步：改為『凡推步』。
[五] 注：改為『又注』。
[六] 如炫者：改為『即如炫』。

虛相夸飾，出於依託。然大旨不甚悖理。』『《元經》十卷，亦系舊本，雖題王通撰，而《唐志》不載，乃出自阮逸家』云[云]。其《上太平十二策》可誦也[一]，惜文帝不能用[二]。然[三]晉末以後，聚徒講學，自王通始，殆晉後學術之後勁，而唐代學風之先聲歟。

王通，字仲淹，號文中子。阮逸序其文曰：『周公，聖人也，治天下，後王不能舉，則仲尼述之，而周公之道明。仲尼，聖人之備者也，後儒不能達，則孟軻尊之，而仲尼之道明。文中子，聖人之修者也，孟軻之徒歟，非諸子流矣。蓋萬章、公孫丑不能極師之奧，盡錄其言，故孟氏章句，略而多闕，房杜諸公不能臻師之美，大宣其教，故王氏續經，抑而不振。《中說》者，子之門人對問之書也，薛收、姚義，集而名之。唐太宗貞觀初，精修治具，文經武略，高出近古，若房、杜、李、魏、二溫、王、陳輩，迭為將相，實永三百年之業，斯門人之功過半矣。貞觀二年御史大夫杜淹，始序《中說》及《文中子世家》，未及進用，為長孫無忌所抑，而淹尋卒。故王氏經書，散在諸孤之家，代莫得聞焉。文中子之教，鬱而不行。吁，可悲矣。夫道之深者，固當年不能窮；功之遠者，必異代而後顯。唐末司空圖嗟功廢道衰，乃明文中子聖矣。五季經亂，逮乎削平，則柳仲塗宗之於前，孫漢公廣之於後，皆云聖人也，然未及盛行其教。噫。知天之高，必辨其所以高也，子之道其天乎。天道則簡而功密矣，大哉。中之為義，

[一] 可誦也：改為『為唐代開國功臣所取法』。

[二] 惜文帝不能用：改為『惜當時文帝不能用耳』。

[三] 然：改為『夫』。

中也，在《易》為二五，在《春秋》為權衡，在《書》為皇極，在《禮》為中庸，謂乎無形，非中也，謂乎有象，非中也。上不蕩於虛無，下不局於器用，惟變所適，惟義所在，此中之大畧也。「中說」者，如是而已。魏徵謂聖人憂疑，子曰：「天下皆憂疑，吾獨不憂疑乎。」退謂董常曰：「樂天知命，吾何憂。窮理盡性，吾何疑。」舉是深趣，可以類知焉。或有執文昧理，以模範《論語》為病，此皮膚之見，心非解也。』

# 第五編[一] 唐代之文學

## 第一章 總論

自唐興之七年，削平羣雄，州縣置鄉學。又立國學，廟祀周公、孔子，親行釋奠之禮。太宗復鋭意文學，自為秦王時，即開文學館，廣延才學杜如晦、房元齡、虞世南、儲亮、姚志廉、李元道、蔡允恭、薛元敬、顔相時、蘇勗、于志甯、蘇世長、薛收、李守素、陸德明、孔穎達、蓋文達、許敬宗十八學士，振起魏晉五代之陵夷，啟有唐三百年之文運。元宗亦尚文學，惜天寶亂後，學校衰廢。代宗興國子監，以宦者魚朝恩判監事。爾後歷世，遂無復貞觀者，然猶彬彬輩出，蓋太學植基之深也。夫魏晉以降，陵夷已極，至此[二]而頓然改觀，崇尚經術，砥礪文藝，君王亦獎勵文學，以立其基，致巨儒碩學，蔚然勃興，學閣文章，獨步前後，唐世文學，固極盛矣。是以房杜姚宋以外，王珪、魏徵，亦以學術發為吏治，為唐代名臣。而學問之淵博，

[一] 編：改為「篇」。

[二] 至此：改為「至唐」。

識見之透達，議論之純正，尤當推陸贄《奏議》一書，論諫數十篇，譏切時弊，可為後世法。其他文學之士，如陸德明、顏師古、孔穎達之於訓詁，韓愈、柳宗元之於詩文，三藏元奘之於佛典，則尤曠古之大家也。

## 第二章　唐[代]之經學

唐初命讎正五經訛闕，頒行海內，已又詔諸儒孔穎達等，萃章句為義疏行世[一]，而唐之經學[已]明。《易》則孔穎達取王輔嗣之學，《書》則因梁費疏廣之，《詩》則孔穎達與太尉長孫無忌等，刊定《毛詩正義》，據劉炫、劉焯疏為本而損益之。至於「三禮」，隋時惟鄭注行於國學，餘多散亾。唐代《儀禮》、《周禮》二疏，皆賈公彥撰，《儀禮》則本齊黃慶、隋李悊疏義，刪訂成書；《周官》據陳邵異同評，及沈重義為之。《禮記正義》，亦孔穎達等奉詔撰，其序稱傳禮義疏甚多，然惟梁皇甫侃、南北朝齊熊安生見於世，而皇甫為盛，其有不備，則以熊氏補焉。《春秋正義》，孔穎達舉劉炫學而增損之，長孫無忌等復增刪焉，其書乃定。《孝經》，唐詔諸儒集議，以十八章為定；其初孔安國[為之]傳、鄭氏[為之]注[，其]傳亾於梁；至隋王邵訪得孔傳，[而]河間劉炫，因序而講之，後遂著令，與鄭氏並立；開元中，史官劉子元證其非鄭十有二，其後明皇自為《孝經》注，取六家之學，並參孔鄭舊義，又命元行沖造疏授學宮，當世習焉。《孟子》

[一] 行世：改為『以行世』。

入儒家類，漢末趙岐[為]注，析為十四篇，至唐陸繼善經注，則趙氏章旨，復為七篇。

## 第三章　唐[代]之尊老子學

唐自神堯皇帝立老子廟，於是高祖啟其源，高宗、明皇扇其風，遂用方士之言，而躋之於上帝（高宗至亳州，尊老子為元元皇帝。元宗又得老子元元皇帝之像），於是迂怪日聞，諂諛成俗，奸宄得志，而天下之理亂矣。故[一]唐代尊老子，祇以李耳同姓之故，非以[二]其學術也。即《道德經》之普及，亦未能研究[三]其學術也。是以老子之學，至唐代名存而實亾，適足為方士之護符耳，於學術全無影響也。

## 第四章　唐代之古文學

唐文凡三變，每變而益上。開國時沿江左餘風，絺章繪句，則以王楊盧駱為首。明皇好經術，[而]羣臣稍厭雕琢而索理致，出浮華而尚渾厚，則以燕許擅其宗。及韓文公當道衰文敝之

[一] 故：改為「實則」。
[二] 以：改為「尊」。
[三] 亦未能研究：改為「亦以功令所在，不□誦習耳，未能精究」。

後，大振頹風，由是有古文之目。其時柳子厚浸淫莊孟，亦得以與昌黎並雄。又得李翺、皇甫湜等和之。其為文約六經之旨，排斥百家，法度森嚴，近轢晉魏，上執[一]漢周，在唐文中一王之大法也。他如常衮、楊炎、陸贄、權德輿、李德裕、白居易之制冊，孫樵、杜牧、劉禹錫、韓休、張九齡之私著，皆有足稱者焉。《文粹》一書，洵壯觀也。述唐代古文學［者］得七家，其最著者也。

元結，字次山。人品峻潔，慨然有俯視塵世之意，見之於《與呂相公書》；《至浯溪銘》，則又似陶靖節。［其］《篋中集》所訂［正］之詩，得風雅之正。其《大唐中興頌》，與韓碑柳雅無異。唐代古文之有元結，猶詩之有陳子昂也。文得元結而開韓柳，詩得子昂而開李杜，其功固同者也[二]。

獨孤及，字至之，河南洛陽人。其立言遣詞，有［一種］間曠之趣，風格極高。皇甫湜嘗稱其文如危峯絕壑，穿倚雲漢；長松怪石，顛倒巖壑。《唐實錄》稱韓愈學獨孤及之文。

韓愈，字退之，鄧州南陽人。自知讀書，日誦數千百言。比長，盡能通六經百家學。論西漢之前，文與道合而為一，西漢之後，文與道分而為二，故道喪而文益衰。至[三]文公起，於是天下始知文為載道之器，而無敢以藝事視之者矣。公之文章，為漢以後一人。其門人李漢，集

[一] 執：改為「淩」。
[二] 固同者也：改為「固相同也」。
[三] 至：改為「自」。

其文而序之，頗能道其生平得力處。

柳宗元，字子厚。嘗自言吾之為文，未敢以輕心掉之，未敢以矜心作之，故文章日益高，而與韓齊名。

李翱，字習之。其文峻峭極矣，而光燄不長，此其不及昌黎處。故其文多蓄縮之筆，其《韓文公行狀》，為習之平日極得意文字，嘗自詫不後孟堅。其作《楊烈婦傳》與《高滑女碑》，為敍事文之最有法度者。

皇甫湜，字持正。其文與李翱同出韓愈，翱得愈之純[一]，而湜得愈之奇崛。用筆古奧，極似昌黎，所不及者，未能融去鑱削之跡，然其《答李生》二書，盛氣攻辨，又甚於愈。此[其]境界，已不易到。

孫樵，字可之。工於選字鍊句。其文受之來無擇，無擇受之皇甫湜，湜受之韓愈。其論史諸文，直具班馬之才，其遊記等作，直追[二]鮑謝之遺。古人以文章家為積瘁之士，嗚呼，若可之者，誠然。

[一] 純：改為「純粹」。
[二] 直追：改為「上挹」。

# 第五章　唐代之韻文

李唐肇興，四傑為韻文[之]鉅子。四傑者，王子安勃，楊盈川炯，盧昇之照鄰，駱賓王也。

王勃，勃集久佚，《初唐十二家集》中，僅載其詩賦一卷。其文章鉅麗，為四傑之冠。所作《秋日登洪府滕王閣餞別序》，膾炙人口，幾乎無選不載。雖昌黎猶推之，則文字之佳，自不待言矣。有《王子安集》十六卷。

楊炯，有《盈川集》十卷。《舊唐書》本傳，最稱其《盂蘭盆賦》，然炯之麗製，不止此篇。《文苑英華》載其《彭城公夫人爾朱氏墓誌銘》一首、《伯母東平郡夫人李氏墓誌銘》一首，列庾信文後，明人誤編入信集中。炯嘗曰：『吾愧在盧前，恥居王後。』[一]

盧照鄰，有《盧昇之集》七卷。張說曰：『盈川文如懸河，酌之不竭。優於盧而不減王。』今觀照鄰之文，似不及王楊駱三家之宏放。

駱賓王，有《駱丞集》四卷。其所作《為徐敬業討武曌檄》，亦選家所必錄。相傳武氏得檄，讀之但嘻笑，至『一抔之土未幹，六尺之孤何託』，驚問何人所為，人以賓王對，后曰：『有如此才而不用，宰相之過也。』蓋亦深賞其才矣。敬業敗，賓王亾命，不知所之。後宋之問遊靈

[一] 後增『可以知之矣』。

隱寺，月夜行吟，見一老僧，問曰：『何不寐。』之問曰：『偶欲題此寺，詩思未屬。』僧請吟上聯，即曰：『何不云「樓觀滄海日，門對浙江潮」。』之問愕然。有知之者，曰駱賓王也。

厥後元結奮起，主張復古。繼以韓柳，輔以籍湜，掃四傑之綺靡，起八代之積衰，古文之名，由此而著。沿及中晚，遂區等差，別為四六，源流分矣。然心苦陰何，工於煅煉，體創燕許，各有淵源。故昌黎序子安之文，不敢苟作；少陵論開府之製，許為清新。中宗時，天下無事，侍臣皆詞人為多，詩賦之獻酬愈盛，如李嶠、宗楚客[一]、趙彥昭、韋嗣立之為大學士，李適、劉憲、崔湜、鄭暗、盧藏用、李義、岑義、劉子元之為學士，薛稷、馬懷素、宋之問、武平一、杜審言、沈佺期、閻朝隱之為直學士，此輩皆以文華見幸。其性情氣質，頗開輕浮之逕。太宗雖奬勵經術，而詞臣亦滿朝廷。至元宗，頗厭浮華，去雕琢而崇渾雄，張蘇二家，以大手筆稱。此韻文之表表者也（張說文章典麗宏贍，當時與蘇頲並稱。朝廷大著作，多出其手，號曰燕許）。此時文學隆盛，有太平駘盪之風。詞旨皆絪緼醲郁，玉振金鳴。於是李杜二家，馳其天才，直發騷雅之菁華，王維、王昌齡、高適、岑參之徒羽翼之，淋漓傾瀉，可稱盛矣[二]。天寶之變，都門焚掠，亦詞人[三]之厄運也。杜甫所謂『感時花濺淚』者，[盡]足以見其情狀矣。

[一] 客：原稿本作『谷』，形近而誤，徑改。
[二] 盛矣：改為『極盛』。
[三] 詞人：改為『文人』。

至大歷、元和之際，韻文廢而散文興。

## 第六章　唐〔代〕之詩學

唐代詩學，千古稱盛。昔之評者，分為初、盛、中、晚。唐代[一]至元宗開元，凡百餘年間為初唐；開元至代宗大歷初，凡五十五年稱盛唐；大歷至文宗大和年間，凡七十餘年，稱中唐；自是至唐末為晚唐。一代之詩風，窺四者之區別，其消長變遷之跡，可以覩矣。

初唐猶有江左餘風，故王楊盧駱之詩，極為美麗，惟魏徵、虞世南，希微元澹之音為多耳。厥後陳子昂出，始一掃徐庾豔體，變為雅正。張九齡之《感遇》十二首、李太白之《古風》五十九首，後世多樂誦之〔，未始非子昂有以開其先也〕。中宗時，文學侍從之臣，多猥狎佻儇如宋之問、沈佺期者，尤為甚焉，故其詩薄弱，而詩律之變，亦生於此時。梁時沈約、鮑照等詩，屬對精緻，至唐宋沈，加以靡麗，專意對偶，平仄之間，法律以精巧為主，稱為近體，是古今詩律之一變者也。

開元、天寶間，高適、岑參之徒，變初唐之氣格，開悲壯雄渾一派。迨李杜二家起，短篇長律，如白雲之卷舒，如驚濤之澎湃。太白以飄逸勝，子美以沈鬱勝，皆原本騷雅者也。而唐

[一] 唐代：改為『唐初』。

詩之完美，可謂[一]集大成矣。當時[大小]名家輩出，不可勝數，世所謂盛唐者，實此時也。

夫盛極必變，自然之理也。大歷、貞元之際，韋應物以雅淡勝，錢起以清贍勝。下至永貞、元和，韓愈傑出，其詩奇險，直欲上駕李杜。柳子厚溫和靖深，與韋應物相伯仲，其源蓋出自淵明。白居易與元縝，詞[旨]多率易，其詩亦相似也[二]。其他劉禹錫、孟郊、賈島之徒，皆中唐之作者[也]。

晚唐諸家之詩，專主聲調。杜牧之豪縱，李商隱之隱僻，溫庭筠之綺麗，是晚唐一時之選也。

其他閨閣之能詩者，如李季蘭、徐賢妃、花蕊夫人、崔鶯鶯、魚元機等，皆能富於華藻，或望幸離宮，或擅寵掖庭，亦稱盛焉。

## 第七章 唐代之佛學

唐代[之]佛學，亦為[三]一大事業，其著者為元奘。時佛典之譯行者，多所謬誤，元奘病之。貞觀之初，隨商人入印度，廣求異書，以為參驗。居外十七年，經百餘國，悉通其語，撰《西

[一] 可謂：改為『至李杜可謂』。
[二] 其詩亦相似也：改為『是其短也』。
[三] 亦為：後增『中國文學史上』。

域記》十二卷。歸朝，居宏福寺，翻譯梵書六百五十七部，房元齡、許敬宗助之校正，凡成七十五部。譯梵文於中土者，自此始。

〔錄〕元奘所譯之文〔如下，〕以示一斑[一]佛教中之文學[二]。

摩訶般若波羅蜜多心經

觀自在菩薩，行深般若波羅蜜多時，照見五蘊皆空，度一切苦厄。舍利子，色不異空，空不異色；色即是空，空即是色。受、想、行、識，亦復如是。舍利子，是諸法空相，不生不滅，不垢不淨，不增不減。是故空中，無色、受、想[三]、行、識，無眼、耳、鼻、舌、身、意，無色、聲、香、味、觸、法。無眼界，乃至無意識界；無無明，亦無無明盡；乃至無老死，亦無老死盡。無苦、集[四]、滅、道。無智，亦無得。以無所得故，菩提薩埵，依般若波羅蜜多故，心無罣礙；無有恐怖，遠離一切顛倒夢想，究竟涅槃。三世諸佛，依般若波羅蜜多故，得阿耨多羅三藐三菩提。故知般若波羅蜜多，是大神咒，是大明咒，是無上咒，是無等等咒。能除一切苦，真實不虛，故說《般若波羅蜜多咒》。即說咒曰：揭諦，揭諦，波羅揭諦，波羅僧揭諦，菩提薩婆訶。

---

〔一〕以示一斑：改為『甚夥不暇述，即心經一篇』。
〔二〕文學：後增『已可畧睹矣』。
〔三〕想：原稿本誤作『相』，徑改。
〔四〕集：原稿本誤作『絕』，徑改。

自元奘譯經以來，當時多數高僧，揚其元風。就中禪宗諸派之分立，實在此時。自達摩西來，始有禪宗嫡傳。至五祖宏忍，有二高弟：直系至慧能，居嶺南之曹谿，教化南方，稱南禪；又旁支有神秀者，居北方，稱北禪，後一再傳，竟絕。曹溪之流，獨汪洋[一]於中國，後竟[二]分立五家，派如下。

六祖慧能
- 南嶽—馬祖—百丈
  - 黄檗—臨濟·臨濟宗
  - 潙山—仰山·潙仰宗
- 青原—石頭
  - 天皇—龍潭—德山—雪峯
    - 雲門·雲門宗
    - 元沙—羅漢—法眼·法眼宗
  - 藥山—雲岩—洞山—曹山·曹洞宗

右圖於諸派之分立，在唐中葉以後。惟雲門、法眼二宗稍後。又禪宗之外，有唱道宣之律宗，有創善導之淨土宗，有立窮基之法相宗，有興法藏之華嚴宗，所傳竺僧金剛智之真言秘密之宗旨，於是佛教之勢力，浸淫乎唐代。又有贊銘偈頌之辭，遂成一派佛教之文學。

六祖慧能大師，姓盧氏，傳五世宏忍大師之衣鉢，七十六歲入寂。弟子錄其平生之法語，《六祖法寶壇經》，諸祖亦多語錄，皆佛教中光輝之文字。永嘉之覺真禪師，六祖下旁出之法嗣也，

[一] 汪洋：改為「緜延」。
[二] 竟：改為「乃」。

其《證道歌》語意高峻，波瀾層出，決非庸流所能作也。

［證道歌］

君不見，絕學無為閑道人，不除妄想不求真。無明實性即佛性，幻化空身即法身。法身覺了無一物，本源自性天真佛。五除淨雲空去來，三毒水泡虛出沒。證實相，無人法，刹那滅卻阿鼻業。若將妄語誑衆生，自招拔舌塵沙刧。頓覺了，如來禪，六度萬行體中圓。夢裏明明有六趣，覺後空空無大千。無罪福，無損益，寂滅性中莫問覓。此來塵鏡未曾磨，今日分明須剖析。誰無念，誰無生，若實無生無不生。喚取機關木人問，求佛施功早晚成。放四大，莫把捉，寂滅性中隨飲啄。諸行無常一切空，即是如來大圓覺。決定說，表真僧，有人不肯任情徵。直截根源佛所印，摘葉尋枝我不能。摩尼珠，人不識，如來藏裏親收得。六般神用空不空，一顆圓光色非色。淨五眼，得五力，唯證乃知難可測。鏡裏看形見不難，水中捉月爭拈得。常獨行，常獨步，達者同遊涅槃路。調古神清風自高，貌顇骨剛人不顧。窮釋子，口稱貧，實是身貧道不貧。貧則身常披縷褐，道則心藏無價珍。無價珍，用無盡，利物應緣終不悋。三身四臂體終圓，八解六通心地印。上士一決一切了，中下多聞多不信。但自懷中解垢衣，誰能向外誇精進。從他謗，任他非，把火燒天徒自疲。我聞恰似飲甘露，銷融頓入不思議。觀惡言，是功德，此則成吾善智識。不因訕謗起怨親，何表無生慈忍力。宗亦通，說亦通，定慧圓明不滯空。非但我今獨達了，恒沙諸佛體皆同。師子吼，無畏說，百獸聞之皆腦裂。香象奔波失卻威，天龍寂聽生欣悅。遊江海，涉山川，尋師訪道為參禪。師從認得曹谿路，了知生死不相關。行亦禪，坐亦禪，語默動靜體安然。縱遇鋒刀常坦坦，假饒毒藥也閑閑。我師得見燃燈佛，多刧曾為忍辱仙。幾回生，幾回死，生死悠悠無定止。自從頓悟了無生，於諸榮辱何憂喜。入深山，住蘭若，岑崟幽邃長松下。優游靜坐野僧家，閴寂安居實瀟灑。覺即了，不施功，一切有為法不同。住相布施生天福，猶如仰箭射虛空。勢力盡，箭還墜，招得來生不如意。爭似無為實相門，一超直入如來地。但得本，莫愁末，如淨琉璃含寶月。既能解此如意珠，自利利他終不竭。江月照，松風吹，永夜清宵何所為。佛性解珠心地印，霧露雲霞體上衣。降龍鉢，解虎錫，兩鈷金環鳴歷歷。不是標形虛事持，如來寶杖親蹤跡。不求真，不妄斷，了知二法空無相。無相無空無不空，即是如來真實相。心鏡明，鑒無礙，廓然瑩徹周沙界。萬象森羅影現中，一顆圓光非內外。豁達空，撥因[一]果，莽莽蕩蕩招殃禍。棄有著空病亦然，還如避溺而投火。捨妄心，取真理，取捨之心成巧偽。學人不了用修行，深成認賊將作子。損法財，滅功德，莫不由斯心意識。是以禪門了却心，頓入無生知見力。大丈夫，秉慧劍，般若鋒兮金剛焰。非但能摧外道心，早曾落却天魔膽。震法雷，擊法鼓，布慈雲兮灑甘露。龍象蹴踏潤無邊，三乘五性皆惺悟。雪山肥膩更無雜，純出醍醐我常納。一性圓通一切性，一法徧含一切法。一月普現一切水，一切水月一月攝。諸佛法身入我性，我性同共如來合。一切具足一切地，非色非心非行業。彈指圓成八萬門，剎那滅却三祇劫。一切數句非數句，與吾靈覺何交涉。不可毀，不可讚，體若虛空勿涯岸。不離當處常湛然，覓即知君不可見。取不得，捨不得，不可得中只麼得。默時說，說時默，大施門開無擁塞。有人問我解何宗，報道摩訶般若力。或是或非人不識，順行逆行天莫

[一] 因：原稿本誤作『回』，據通行本改。

測。吾早曾經多刼修，不是等閒相誑惑。建法幢，立宗旨，明明佛敕曹谿是。第一迦葉首傳燈，二十八代西天記。歷江海，入此土，菩提達摩為初祖。六代傳来天下聞，後人得道何窮數。真不立，妄本空，有無俱遣不空空。二十空門俱不著，一性如來體自同。心是根，法是塵，兩種猶如鏡上痕。痕垢盡除光始現，心法雙忘性即真。嗟末法，惡時世，衆生薄福難調制。去聖遠兮邪見深，魔强法弱多怨害。聞說如來頓教門，恨不滅除令瓦碎。作在心，殃在身，不須怨訴更尤人。欲得不招無間業，莫謗如來正法輪。旃檀林，無雜樹，鬱密森沈獅子住。境静林間獨自遊，走獸飛禽皆遠去。師子兒，衆隨後，三歲便能大哮吼。若是野干逐法王，百年妖怪虚開口。圓頓教，没人情，有疑不決直須爭。不是山僧逞人我，修行恐落斷常坑。非不非，是不是，差之毫釐失千里。是則龍女頓成佛，非則善星生陷墜。吾早年來積學問，亦曾討疏尋經論。分別名相不知休，入海算沙徒自困。却被如來苦呵责[一]，數他珍寶有何益。從來蹭蹬[二]覺虚行，多年枉作風塵客。種性邪，錯知解，不達如來圓頓制。二乘精進勿道心，外道聰明無智慧。亦愚癡，亦小騃，空拳指上生實解。執指為月枉施功，根境法中虚捏怪。不見一法即如來，方得名為觀自在。了即業障本來空，未了應須償夙債。飢逢王饍不能餐，病遇醫生爭得愈。在欲行禪知見力，火中生蓮終不壞。勇施犯重悟無生，早時成佛於今在。師子吼，無畏說，深嗟懞懂頑皮靼。祇知犯重障菩提，不見如來開秘訣。有二比邱犯淫殺，波離螢光增罪結。維摩大士頓除疑，猶

[一] 責：原稿本作「貫」，形近而誤。
[二] 蹭蹬：原稿本誤作「蹲蹬」，形近而誤。

如赫日銷霜雪。不思議，解脱力，妙用恒沙也無極。四事供養敢辭勞，萬兩黄金亦銷得。粉骨碎身未足酬，一句了然超百億。法中王，最高勝，恒沙如來同共證。我今解此如事珠，信受之者皆相印。了了見，無一物，亦無人，亦無佛。大千沙界海中漚，一切賢聖如電拂。假使鐵輪頂上旋，定慧圓明終不失。日可冷，月可熱，衆魔不能壞真説。象[一]駕崢嶸謾進途，誰見螳螂能拒轍。大象不遊於兔徑，大悟不拘於小節。莫將管見謗蒼蒼，未了吾今為君訣。

以上稱舉，可知佛教文學之一斑矣。若更窺其寶藏，則知佛教之於中國，雖始於漢，傳於晉，興於南北朝，而實盛於唐代。其於我國文學實乃大礙[二]，[故]韓文公[作]《原道》以排之[三]。

## 第八章 唐以後之文學

唐代文學，至唐季已無足觀。況經黄巢之亂，益以萎靡[四]。比及五季，[五]梁二世十七年，唐四世十四年，晉二世十一年，漢二世四年，周三世十年，合之五十餘年。中間兵亂相繼，文

[一] 象：原稿本誤作「衆」，形近而誤。
[二] 實乃大礙：改為「于哲理頗有發明，不得以」。
[三] 以排之：改為「遂附合而排之也」。
[四] 萎靡：改為「散失」。
[五] 後增「益萎靡矣」。

化摧滅[一]，惟唐明宗、周世宗之世，稍有可觀耳。

明宗時，康澄上疏論時弊，可謂超出師表[二]。世宗取秦隴，平淮右，復三關，威聲震懾，一時内廷儒學，考制度，修通禮，正樂議刑，其所製作，獨步五代。即位之明年，廢天下佛寺三千三百三十六方，國内乏錢，詔悉毁天下銅佛鑄錢。見唐元縝《均田圖》，即以頒發，使吏民習知。其政教卓然可稱。其平定淮右，全用王朴《平邊策》，使天假之年，其業當何如也。

平邊策

唐失道而失吴蜀，晋失道而失幽並，觀所以失之之由，知所以平之之術。當失之時，君暗政亂，兵驕民困，近者姦於内，遠者叛於外，小不制而至於僭，大不制而至於濫。天下離心，人不用命，吴蜀乘其亂而竊其號，幽並乘其間而據其地。平之之術，在乎反唐、晉之失而已。必先進賢退不肖以清其時，用能去不能以審其材，恩信號令以結其心，賞功罰罪以盡其力，恭儉節用以豐其財，任役以時以阜其民。俟其倉廩實，器用備，人可用而舉之。彼方之民，知我政化大行，上下同心，力强財足，人和將和，有必取之勢，則知彼情狀者願為之間諜，知彼山川者願為之先導。彼民與此民之心同，是與天意同，與天意同則無不成之功。攻取之道，從易者始，當今惟吴易圖，東至海，南至江，可撓之地二千里。從少備處先撓之，備東則撓西，備西則撓東，必奔走以救其弊，奔走之間，可以知彼之虛實，衆之强弱，攻虛擊弱，則所向無前

[一] 文化摧滅：改為「文化摧殘，幾乎消滅」。
[二] 師表：改為「一時」。

矣。勿大舉，但以輕兵撓之。彼人怯弱，知我師入其地，必大發以來應，數大發則民困而國竭，一不大發則我獲其利，彼竭我利，則江北諸州，乃國家之所有也。既得江北，則用彼之民，揚我之兵，江之南亦不難而平之也。如此，則用力少而收功多。得吳，則桂、廣皆為臣臣，岷、蜀可飛書而召之，如不[一]至則四面並進，席卷而蜀平矣。吳、蜀平，幽可望風而至。惟並必死之寇，不可以恩信誘，必須以强兵攻，力已竭，氣已喪，不足以為邊患，可為後圖。方今兵力精練，器用具備，羣下知法，諸將用命。一稔之後，可以平邊。臣書生也，不足以講大事，至於不達大體，不合機變，惟陛下寬之。

所言[二]皆洞中機要。厥後宋興，削平諸國，次第悉如朴言。朴非獨明於當世之務，又精於天文律呂，世宗詔讐定大歷。朴削去流俗不經之學，設通經統三法，步日月五星，為《欽天歷》。又考正雅樂、十二律互吹，難得其真，乃依京房為律，准以九尺之絃、十三設柱，依長短之分寸，七聲用均，樂成而和，後世用之。世宗雖戎馬倥傯，而制禮作樂，皆惟朴是任，可謂一代偉人矣。五代之間，有關於文運者，惟明宗、康澄、世宗、王朴四人而已，他[三]鮮可稱述者。

[一] 不：原稿本作『其』，與文意相悖，據通行本改。
[二] 所言：前增『朴之《平邊策》』。
[三] 他：改為『其他』。

# 第六編[一]　宋朝[二]之文學

## 第一章　總論

宋史氏謂士大夫忠義之氣，至於五季，變化殆盡，可深浩歎者也。宋太祖懲唐藩鎮偏重之弊，首用文吏，奪武臣之權，故宋之文物甚盛。太祖增修國子監學舍，修先聖十哲七十二賢，及先儒二十二人像，又屢幸國子監。初用和峴所定雅樂，又行劉溫叟所上通禮，制度典章，彬彬有條理。有宋之振作文教，悉在太祖、太宗。真宗亦稱好學，惜真宗末年，崇尚方術，用王欽若，以封禪鎮服海內，誇示外國，祠祀土木，粉飾文治而已。仁宗慶歷三年，立四門學。皇佑之末，以胡瑗為國子監講書，專管太學。瑗在湖州學，教法最備。始建太學，有司請依之，取瑗湖學之法。神宗勵精圖治，熙甯、元豐之間，信任王安石，專行新法，紛紛制作，朝野議

[一] 編：改為『篇』。
[二] 編：改為『篇』。

論鼎沸，安石又引用其黨，設學校三舍法，頒《三經新義》。及哲宗立，相司馬光，元祐之間，盡罷新法。自是元祐、熙甯、元豐之黨，互相消長，爭論不已，遂至宋室不振。至徽宗崇甯元年，雖建學校三舍而取士焉，然耽遊逸、興土木、窮淫樂，以致國事破壞，父子同死異域，以為千古憾事，殊可嘆也。南渡之後，宗社偏安，教化之衰，無足觀者，然守氣節之名臣，與講性理之碩儒，繼跡而起，謂非文運之變動[一]，有以使之然哉。

## 第二章 宋代之道學

學術之變遷，莫大於宋。漢人治專經之業，師弟授受，恪守舊聞。馬融、鄭元、王肅之徒，兼該衆說，注釋羣經，雖破廢專經之業，而學者賴之。唐人疏解漢注，演繹周詳，委曲旁引，瑣細繁冗，使後世學者，能窺見往古[二]，實漢唐之人[三]之力為多。當時人守遺經，不創異說，不分朋黨，獨漢揚雄、隋王通、唐韓愈，自任甚重，各立學說，蔑視一世。其所著撰，超軼前賢，啟迪後進，或模擬古經，或排斥諸子，足以誇[四]於世矣。延及宋代，

[一] 文運之變動：改為『文學之流風』。
[二] 見往古：改為『往哲之精華』。
[三] 之人：改為『諸儒』。
[四] 誇：改為『誇震』。

懲漢唐記誦詞章之偏[一]，於是賢者輩起，立道學一派，談性命之理，發先儒之所未及，遂成一種宋學。經周敦頤（濂溪先生）、程顥（明道先生）、程頤（伊川先生）、張載（横渠先生）、朱熹（晦庵先生）[二]五大儒而[成。]又有邵雍（康節先生）者，亦左右之。其文學則濂溪有《太極圖》、《通書》，横渠有《東西銘》[、《正蒙[三]》、《理窟》]，康節有《皇極經世書》，程朱之著書尤多。

凡此數子者，以發明性理為主，上之衍堯舜精一危微之旨，下之明孔子性與天道之言，後世稱其學為性理之學。其學悉源於四書六經，如太極陰陽本於《易》，人心道心本於《書》之《禹謨》，五行本於《洪範》，性道教本於《中庸》，明德新民本於《大學》，仁義禮智信本於《論語》、《孟子》，性情本於《孟子》是也。下述宋儒學説之大概。

太極學説

太極動而生陽，動極而靜，靜而生陰，靜極復動，一動一靜，互為其根，而陰陽生矣。周子創《太極圖説》，其《定性書》等，皆發明此旨也。

陰陽學説

陰陽交感和合而生水火木金土之五行，以之運五氣，以之行四時，天地之間，人物生生無

[一] 偏：改為『偏蔽』。
[二] 後增『之躬行實踐，性理之學大明』。
[三] 正蒙：原稿本誤作『區蒙』，徑改。

窮。張橫渠所論太虛，皆此學說也。

天地學說

陰陽混沌而不剖判，言天地未生之前也。二氣既剖判，則清者為天，濁者為地。邵康節先以數說明天地，凡一元得十二萬九千六百年，爰有變遷之說。

五行學說

陰陽交感而生五行，散而為風雨，凝而為霜雪，流而為川，止而為山，人物生生無窮。五行之氣，其偏而蔽者為草木禽獸，其全而靈者為人。此學說盛於陳摶，惜陳摶流於數術，至康節以道發明之，而後宋儒之言五行者無流弊。

性情學說

人之性，仁義禮智信，其情喜怒哀樂愛惡［欲］，而性情者，統於一心。張子曰『心統性情者也』。此學說張橫渠頗闡發之。

理氣學說

性者發於理，情者發於氣。理者氣之法則，氣者理之發動，故性為天理，情為人欲。朱子創此學說，言未有天地之先有理，有理而有氣，而有萬物之發育。萬物各有一小宇宙，其最精者，見於人而為性，而性有本然與氣質之別。性者，主於理而無形；氣者，主於形而有質。其善者為理，其雜者為氣。

道心人心學說

自人心之性理发動者為道心，自形氣發動者為人心。而惻隱、羞惡、辭讓、是非之心，仁義禮智之四端也。程明道先生所言之倫理，全從人心道心出也。

格物窮理學說

明道持此學說，其弟伊川紹述之，朱子復篤信之，而此種[一]學說遂盛。

鬼神盛德學說

陰陽二氣，横屈伸往來，其來者為神，其去者為鬼。故人之生死，與晝夜之往來無異。此學說朱子頗發明之，觀《中庸》『鬼神為德』注明[二]矣。

五倫五典學說

君臣、父子、夫婦、兄弟、朋友謂之五倫。君臣有義，父子有親，夫婦有別，兄弟有序，朋友有信，謂之五典。此學說朱子極力張之。

今考學說[三]之大概，周敦頤主易，以剛、柔、善、惡、中五者為五性，以無欲、主靜為人極。張載分天地之性、氣質之性為二。程子始言性即理。朱子本程子，分本然、氣質為二性，以興復初之學，而性理之學，於此大成。孔孟以來，漢唐論性，皆就氣質而言，至宋儒始從理言也。後分《中庸》之道問學，尊德性為朱陸二派；分《大學》之致知格物，為朱王二派。

[一] 此種：改為『格物窮理之』。
[二] 明：改為『可知』。
[三] 學說：改為『宋儒學說』。

於是學〔派〕更分裂，要皆宋學範圍內之事而已。

## 第三章　宋儒之學派

宋儒學術之發達，千古罕有。黃梨洲〔先生〕各為學案以表章之。其書未成，全謝山先生修輯之，今所傳《宋元學案》〔一書〕是也。茲舉其重要之學派述如下。

安定學派

宋世學術之盛，安定、泰山為之[一]先得。程朱二先生，皆以為然。安定沈潛，泰山高明，安定篤實，泰山剛健，各得其稟性之所近。要其力肩斯道之傳，則一也。按胡瑗，高平講友，其學侶曰孫復、石介，其同調曰陳襄、楊適，其門人曰程顥、范純祐、范純仁、呂希哲、呂希純、錢公輔、孫覺、朱光庭等。

泰山學派

泰山之與安定，同學十年，而所造各有不同。案孫復，高平講友，其學侶曰胡瑗，其同調曰士建中、劉顏，其門人曰石介、文彥博、范純仁、呂希哲、朱光庭等。

[一] 為之：改為『當為』。

高平學派

晦翁推原學術，安定、泰山而外，高平范魏公，其一也。高平一生粹然無疵，而導横渠以入聖人之室，尤為有功。其講友曰胡瑗、孫復、周敦頤，其同調曰韓琦、歐陽修，其子純祐、純仁、純禮、純粹，其門人曰富弼、張方平、張載、石介、李覯等。

廬陵學派

歐陽修講友，曰尹洙、呂公著、梅堯臣，其學侶曰蘇洵，其子曰發、曰棐，其門人曰劉敞、劉攽、陳舜俞、王安石、曾鞏、蘇轍、蘇軾、徐無黨等。

涑水學派

小程子謂『不雜』者，司馬、邵、張三人耳。涑水講友，曰邵雍、張載、程顥、程頤、陳舜俞，其學侶曰劉恕、劉攽，其同調曰呂晦、范鎮、呂公著、李常、趙瞻、孫固，其門人曰劉安仁、范祖禹、晁說之、歐陽中立、樊資深、田述古、尹材等。

百源學派

康節之學，別為一家。其講友曰富弼、程珦，其學侶曰張載、程顥、程頤，門人曰王豫、張崏、呂希哲、呂希績、呂希純、李籲、周純明、田述古、尹材、張雲卿等。

濂溪學派

二程子少嘗遊濂溪之門，而伊洛所傳，實不由於濂溪。其講友曰程珦、胡宿、王拱辰，其同調曰趙抃，其門人曰程顥、程頤，其私淑曰蘇軾、黄庭堅。

明道學派

大程子之學，先儒謂其近於顏子。其學侶曰程頤、張載、呂希哲，其同調曰韓維、王岩叟，其門人曰劉絢[一]、李籲、謝良佐、楊時、游酢、呂大忠、呂大鈞、呂大臨、侯仲良、劉立之、朱光庭、田述古、邵伯溫、蘇昞、邢恕。

伊川學派

程頤，周、胡門人也。其講友曰司馬光、呂公著、韓維，其學侶曰張載、范祖禹，其門人曰劉絢、呂希哲、謝良佐、楊時、游酢、呂大忠、呂大鈞、呂大臨、尹焞、郭忠孝、邵伯溫、范沖、蘇昞、羅從彥等，其私淑曰胡安國。

横渠學派

横渠勇於造道，雖有殊於伊洛，而大本則一也。其學侶曰程顥、程頤、呂希哲，其同調曰呂大防，其門人曰呂大忠、呂大鈞、呂大臨、范育，其私淑曰晁説之。

元城學派

涑水弟子，不傳者多。其著者柳忠定公得其剛健，范正獻公得其純粹，景迂得其數學。忠定名安世。其學侶曰顏岐、石子植、韓撝則，其同調曰陳瓘，其門人曰呂本中、孫偉、李光、胡珵等。

[一] 劉絢：原稿本誤作「劉恂」，徑改。

華陽學派

范祖禹，涑水門人也。其講友曰呂希哲、劉恕，門人曰司馬康、黄庭堅。

景迂學派

涑水嘗從景迂，續成潛虛，景迂謝不敢。惜其晚年好佛耳。呂成公曰：『景迂雖雜，其學有不可廢者。』景迂，名晁説之。其學侶曰晁詠之、劉羲仲，其同調曰吴棫，其門人曰朱弁、王安中等。

滎陽學派

呂希哲，胡瑗[一]門人也。初學於焦幹之，廬陵之再傳也。已而學於安定，學於泰山，學於康節。又嘗學於王介甫，而歸宿於程氏。其講友曰孫覺、李常，其子曰好問、切問，其孫曰大忠[二]，其門人曰王革、汪辛、黎確、謝逸等。

上蔡學派

洛陽之學，首推上蔡。謝良佐，二程門人也。其講友曰游酢、胡安國、陳瓘、鄒浩、呂大忠，其門人曰朱震、詹勉、朱巽等。

龜山學派

明道喜龜山，伊川喜上蔡。龜山獨邀耆壽，遂為南渡洛學大宗。晦翁、南軒、東萊，皆[其]

---

[一] 胡瑗：原稿本誤作『胡程』，徑改。

[二] 大忠：原稿本誤作『大中』，徑改。

所自出。楊時之[一]講友曰胡安國、陳瓘、鄒浩、遊復、鄭修、李夔，其門人曰王蘋、呂本中、羅從彥、張九成、胡寅、胡宏、王居正等。

## 廌山學派

游肅公在程門，與謝、楊鼎立，而遺書獨不傳，以弟子不振故也。其講友曰胡安國、陳瓘，其門人[二]呂本中、曾開、陳侁、江琦等。

## 和靖學派

尹焞，伊川門人也。於洛學最為脫出，而守其師說最純。其講友曰蘇昞、張繹、馮理、王蘋，其門人曰呂和問、呂廣問、呂本中、呂稽中、呂堅中、呂㻚中、馮忠恕等。

## 震澤學派

王蘋，字信伯，程、楊門人也。洛學之入秦也，以三呂；其入楚也，以上蔡司教荊南；其入蜀也，以謝湜、馬絹；其入浙也，以永嘉周、劉、許、鮑數君；而其入吳也，以王信伯。信伯極為龜山所許，而晦翁則最貶之，其後陽明又最稱之。蓋信伯實啟象山之萌芽，其貶之也以此，其稱之亦以此。象山之學，本無所承，東發以為遙出於上蔡，而實則兼出於信伯。蓋程門已有此一種矣。其講友曰尹焞、張繹，其學侶曰呂本中、李勉，其門人曰陳長方、陳少方、楊邦弼、章憲、周憲等。

[一] 楊時之：改為『其』。
[二] 門人：後增『曰』。

豫章學派

羅從彦出於楊門，所學雖純，而所得實淺，當在善人有恆之間。一傳為延平，則邃矣，再傳為晦翁，則大矣，而豫章遂為別子。其講友曰廖衙，其門人曰李侗、朱松等。

横浦學派

張九成，龜山弟子。以風節光顯者，無如横浦，而駁亦以横浦為最。晦翁斥其書，比之洪水猛獸之災，然横浦之羽翼聖門者，正未可泯也。其講友曰喻樗、張浚、姚述堯、葉先覺，其同調曰楊璿，其門人曰韓元吉、凌景夏、樊光遠、汪應辰、沈清臣、方疇、于恕、于憲、史浩、郭欽正、施德操等。

衡麓學派

武夷諸子，致堂、五峰最著，而其學又分為二。五峰不滿其兄之學，故致堂之傳不廣。致堂名胡寅，其學侶曰胡茅堂、胡宏、梁觀國，其講友曰江琦、胡襄、韓璜、劉衡、張祈，其同調曰趙鼎，門人曰毛以謨、劉荀。

五峰學派

紹興諸儒，所造莫出於五峰之上。其所作《知言》，東萊以為過於《正蒙》，卒開湖湘之學統。五峰名胡宏，其學侶曰胡憲、曾幾、李椿、彪虎臣，其門人曰張栻、彪居正、吳昱、孫蒙正、趙師孟、趙棠、方疇等。

玉山學派

汪文定公應辰，其本師為横浦，又嘗從紫微。然横浦、紫微皆佞佛，而玉山粹然一出於正。其學侶曰呂大同、趙汝愚、朱熹、陸九齡，其門人曰尤襄、呂祖謙、章穎、張傑、趙焯等。

## 晦翁學派

楊文靖公四傳而得朱子，致廣大精微，綜羅百代矣。朱子名熹，其講友曰張栻、呂祖謙、趙汝愚、趙汝靚、方耒、張傑，其學侶曰項安世、黄樵仲、陳景思，其同調曰趙不息、劉靖，其門人曰蔡元定、黄幹、李燔、張洽、輔廣、輔萬、陳埴、葉味道、杜煜、杜知仁、蔡淵、蔡沆、蔡沈、陳湆、陳易、廖德明、李方子、胡大時等。其私淑曰魏了翁等。

## 南軒學派

晦翁似伊川，南軒似明道。名張栻，其講友曰朱熹、呂祖謙、趙汝愚，其學侶曰陳傳良、胡大本，門人曰胡大時、彭龜年、遊九言、遊九功、楊知章、吴必大等。

## 東萊學派

呂祖謙平心易氣，不欲逞口舌以與諸公角，大約在陶鑄同類以化其偏。其講友曰張栻，其學侶曰陳傳良、陳亮，其門人曰樓昉、趙焯、輔廣等。

## 艮齋學派

薛季宣之學，主禮樂制度，以求見之[一]事功。其學侶曰葉適、陳亮，其門人曰陳傳良、徐

[一]之：改為『諸』。

元德等。

止齋學派

永嘉諸子，皆在艮齋師友之間，而止齋最純恪[一]。觀其所得，似較艮齋更平。名陳傅良，其門人沈體仁、胡大時等。

水心學派

水心較止齋又晚出，其學始同而終異。永嘉功利之說，至水心始一洗之。乾道、淳熙諸老既沒，學術之會，總為朱、陸二派，而水心斷斷其間，稱鼎足焉。然水心工文，故弟子多流於辭章。水心名葉適，其學侶陳亮、項安世，其門人曰陳耆卿、王象祖、趙汝鐸等。

龍川學派

永嘉以經制言事功，皆推原以為得統於程氏。永嘉[二]則專言事功，而無所承，學者稱龍川先生，名陳亮。其講友曰呂祖謙、辥季宣、葉適，其門人曰喻民獻、林慥等。

梭山復齋學派

三陸子之學，梭山啟之，復齋昌之，象山成之。陸九韶，梭山是也[三]，其門人嚴松、徐仲

[一] 純恪：後增『止齋名陳傅良』。
[二] 永嘉：推文意，當為『龍川』之誤。
[三] 陸九韶，梭山是也：改為『梭山名九韶』。

誠等。復齋，陸九齡也[一]，其門人沈煥、袁燮等。

象山學派

陸九淵之學，先立乎其大者。程門自謝上蔡以後，王信伯、林竹軒、張無垢，至於林艾軒，皆其前茅。及象山而大成，而其宗傳亦最廣。其門人楊簡、袁燮、劉定夫等。

西山蔡氏學派

西山蔡文節公元定，領袖朱門，其律呂象數之學，則得之於家庭也。其門人曰朱塾、楊至等。

勉齋學派

嘉定而後，足以光其師傳，為有體有用之學者，勉齋黃文肅公而已。其講友張洽、劉剛中、李燔，門人[二]何基、饒魯、陳如晦、李武伯等。

九峰學派

蔡氏父子兄弟祖孫，皆為朱學干城，而文正之皇極，又自為一家。蔡沈之門人[三]曰陳光祖、劉欽、何雪源等。

---

[一] 陸九齡也：改為「名九齡」。
[二] 門人：改為「其門人」。
[三] 蔡沈之門人：改為「松峯名蔡沈，其門人」。

慈湖學派

象山之門，必以甬上四先生為首，而壞其教者，實慈湖。黃勉齋言其未聞道。慈湖名楊簡，其門人曰袁甫、史彌忠、史彌堅、錢時、張渭等，其私淑曰真德秀。

鶴山學派

嘉定而後，私淑朱張之學者，曰鶴山魏文靖公了翁。其講友曰真德秀、輔廣、張洽、李燔，其門人曰郭黃中、吳泳、游似、史守道等。

西山真氏學派

西山之望，直繼晦翁。東發於朱學最尊信，而不滿於西山。其講友曰魏了翁、李燔、張洽、李方子，其門人曰馮光祖、金文剛、周大駿、劉克莊、王埜、徐幾等。

深甯學派

王應麟治朱、陸、呂之學，其同調曰黃震，其門人曰胡三省、袁桷等。

東發學派

四明之專宗朱氏者，東發為最。名[一]黃震，其《日鈔》百卷，躬行自得之言也。其學侶曰黃翔鳳。

宋儒之學派，異[二][而有關世道]者，[王]荆公是也。與荆公反對者，蘇氏最甚。述兩學派如下。

---

[一] 名：前增『東發』。
[二] 異：改為『其特異』。

荊公新學派

荊公《淮南雜說》初出，見者以為孟子；老泉[一]文出，見者以為荀子。已而聚訟大起，《三經新義》累數十年而始廢，而蜀學亦遂為敵國[二]。上下學案，不可不窮其本末也。且荊公欲明聖學而雜於禪[三]，蘇氏出於縱橫之學，而亦雜於禪。安石之弟曰安禮、安國，其子曰雱，其友曰曾鞏、孫侔，其門人曰龔源、王無咎、晏防、陸佃、呂希哲、鄭俠、汪澥、蔡肇、陳祥道、許允成，其為新學者曰呂惠卿、蔡京、蔡卞、林希、蹇序辰、馬希孟、方慤、孟厚、王昭禹、鄭宗顏、耿南仲、王安中。

蘇氏蜀學派

蘇洵，其講友曰任孜、任汲，其子曰軾、曰轍，其孫曰邁、迨、過、遲、适、遜，從孫曰元老，其門人曰锺棐、锺槩。蘇軾門人曰黃庭堅、晁補之、秦觀、張耒、李廌、王鞏、李之儀、孫勰、李格非。蘇轍門人曰張耒。蘇元老之門人曰張浚。蘇學餘派曰李純甫。

[一] 老泉：前增「及」。
[二] 敵國：改為「大敵」。
[三] 禪：後增「故王氏、蘇氏，其學皆不純粹」。

# 第四章　宋代[一]學派之爭

以學派植朋黨，自程頤、蘇軾始。二人同在經筵，軾喜詼諧，頤以禮法自持，兩不相容，遂生嫌隙，而生徒[二]由此分黨，相攻逾甚。程頤之徒曰洛党，朱光庭、賈易等[為之]羽翼[三]；蘇軾之徒曰蜀黨，呂陶等[為之]羽翼[四]。劉摯、王岩叟、劉安世之徒曰朔黨，羽翼猶眾[五]。此宋代學者分立門戶、互相構爭之端緒也。南渡後，蜀朔二黨並衰，程子之學獨盛，其學說至朱熹而大備，遂成道學一派。朱熹之說主居敬窮理，去欲返性，以[六]周敦頤、程顥、程頤、張載、朱熹為之宗[七]。與朱熹同時有陸九淵者，亦唱心性之學，其所見與朱子不同。熹以道學問為鑽研之本，[陸]九淵以尊德性為鑽研之本，二派相譏，莫衷一是。

---

[一] 編：改為『篇』。
[二] 而生徒：改為『學者』。
[三] 羽翼：後增『之』。
[四] 羽翼：後增『之』。
[五] 眾：改為『盛』。
[六] 以：後增『二程為宗，時以』。
[七] 為之宗：改為『為之子』。

# 第五章　宋代之文章

宋興於五代干戈之後，一時文辭，難以復古。厥後穆伯長（名脩）、柳仲塗（名開）等提倡古文，而尹師魯等和之，然未脫五代駢儷之習。自歐陽脩從隨州故家覆瓿中偶得韓愈書，讀而好之，而天下之士，始知通經博古為高，〔而〕一時文人學士，隱軫而起，由是文體一歸雅正。蘇氏父子及曾鞏、王安石之徒，〔其間〕文筆雖畧[一]有不同，要於孔子所删六藝之遺，則固家習而戶誦也。就中王介甫筆力遒勁，曾子固根抵經術，三蘇機勢磅礴，宋代之文，無踰此數公者。若夫王黄州之恪，孫泰山之義，石徂徠之厲，尹河南之簡，黄豫章之理，范文正之潔，以及南渡後周平國、胡澹菴，並皆肆力古文，卓然[二]於文苑者。而説者謂宋文止《太極圖》、《西銘》、《易傳序》、《春秋傳序》四篇，不知此四篇本道以為文，而文忠公等因文以見道，實皆足以羽翼經傳者也。《文鑑》一書，凡宋之鴻文巨製，莫不備載。南渡以後，以朱子為冠，魏鶴山、真西山次之。余如樓宣獻、周益公，則三朝大典，多出其手。至若鄂州、水心、後村及龍洲、范石湖之文，皆自成一家者也。

〔一〕畧：改為「各」。
〔二〕卓然：改為「卓然有聲」。

# 第六章　宋代之詩詞

宋之文章，長於議論，其詩賦多[一]陷入理境，而渾雄正大之氣，遂無由見。其初臺閣倡和，宗義山，名西崑體。梅聖俞、蘇子美起而矯之，才力體製，非不盡翻窠臼，而淵涵淳蓄之趣，無復存矣。及廬陵、半山，始以馳驟之筆，追宗杜韓。歐則意言之外，猶存餘地；王則才力頗張，意味較薄。然王逢力求生新，[二]亦同時之錚錚者也。元祐間，黃蘇並稱，然蘇學杜，而出其範圍，筆筆超曠，等於天馬行空，極其變換，適如意所欲出。遊其門者，首推秦觀。黃則學杜而變為深刻，神理未浹，風骨猶優[三]，故能別為宗派。南渡後，尤、蕭、范、陸四家，要以范、陸為傑出，所不足者，沈鬱頓挫之致耳。若夫楊誠齋、鄭德願，變為諧俗，劉潛夫、方巨山，流為纖小，則一覽而易盡，於詩學則有損也。至若宋室當沈淪之際，以浩然之正氣，發為詩音者，當推信國公，是等詩歌，於風會大有影響也。

詩之外又有詞[者]，宋代謂之詩餘，乃古樂府之流別。始於唐李白之《清平調》、《憶秦娥》、

[一] 多：改為「反多」。
[二] 後增「逢與胡瑗最善，著有《易傳》十卷、《乾德指說》一卷」。
[三] 猶優：改為「獨遒」。

《菩薩蠻》諸詞，自是以後，代有作者，然[一]皆樂府體[二][也]，且亦不專立詞體，至宋趙崇祚輯《花間集》，凡五百闋。及柳永，增至二百餘調，一時文人，復相擬作，富至六十餘種。迨東坡、少游出，詞極盛矣。東坡以歌行縱橫之筆，盤屈為詞，跌宕排奡，一變唐五代之舊格。秦少游之詞，傳播人間，雖遠方女子，亦膾炙之，然去樂府則遠矣。厥後樂府與詞截分門逕矣，惟樂府則以簡潔揚厲為工，而詞則以婉麗流暢為美。[三]

[一] 然：改為「要」。
[二] 體：改為「之體」。
[三] 後增「此其大旨，要自有異耳」。

# 第七編[一] 宋以後之文學

## 第一章 總論

宋[二]以後，明以前，凡二百四十餘年間，謂之遼金元之世。遼與宋相始終，金元乘宋室之式微，以漠朔之一部落，經營中原，立一王之制，以中邦之文字，化部落之陋習。是時北方之學術，有樸素峻厲之風，而南方性理新派，則陷於輕薄膚淺，二者不相入。未幾合軌並跡，而又與蒙古之文化相混合，故至元代，其學頗盛。如耶律楚材之於政事，許衡、吳澄之於經術，劉因、郝經之於儒學，郭守敬之於算術，八思巴之於佛教，朱震亨[三]、李皋之於醫方，虞集之於文章，趙孟頫之於書法，孰非貢其學術文章於元代者耶。

[一] 編：改為『篇』。
[二] 宋：根據後面文意，此『宋』應專指『北宋』。
[三] 亨：原稿本漏，據修訂本補。

## 第二章 金之文學

金自世祖以來，漸立教制。及太祖興，以文墨議論齊名者，有韓昉（字公美，燕京人。《金史》謂其精樂府，造語清婉，與吳激齊名）、馬定國（字子卿，茌[一]平人）、蔡松年（字伯堅，吳蔡並稱）、宇文虛中（字叔通，蜀人）、党懷英（字世傑，當時稱為學者之宗）、李純甫（字之純，嘗作《矮柏賦》，以諸葛孔明、王景略自期。晚年喜佛）、楊雲翼（字之美，與趙秉文齊名。金之高文典冊，多出其手）、趙秉文（字周臣，未嘗以大名自居。時人號楊趙）、雷淵（字希顏，生平高孔融、田疇、陳元亮之為人）。以上數子，皆金士之錚錚者也。他如王庭筠、李經、王爵、王若虛、李獻能、李汾、李俊民等，皆其妙選也。及[其]季世崛起，而延及元代者，有元好問，當金元之際，屹然為文章之大宗，得順天張萬戶家藏《金國實錄》，將撰金史傳，事為人所沮，乃構野史亭於其家，采輯金元遺事，有所得輒記錄，至百餘萬言。元人纂修《金史》，多本其書。所撰《中州[二]集》，以詩寓史於其中。《壬辰雜編》諸書，已無傳者。《遺山集》四十卷、附錄一卷，今行世。蓋金元之間，文學之可觀者，惟此一人而已。

[一] 茌：原稿本誤作「荏」，徑改。
[二] 州：原稿本誤作「洲」，徑改。

## 第三章　元[代]之儒學

元代之儒學，以金履祥、姚樞、許謙、吳澄、許衡為最，而魯齋其大宗也。試述之。金履祥，蘭谿人。以同郡何基師王柏，王柏師黃幹，得朱子真傳，遂往從之。其為學講貫精詳，踐履篤實，世稱仁山先生。所作有《通鑑前編》。

姚樞，柳城人。少力學，有王佐畧。從楊惟中南伐，得程朱書，棄官，攜家至輝州，錄程朱所著書以歸。後世祖召至，待以客禮。所上『八目十三條』，皆帝王治平之道。

許謙，金華人。早年肆力於學，受業金履祥，於書無不貫通。其教人忠誠懇摯。

吳澄，崇仁人。自幼用力[一]聖賢之學，勤敬有箴，敬和有銘，武彝之緒，惟此可紹。

許衡，河內人。尊信朱子，其學行皆平正篤實，行己如秋霜烈日，化人如和風甘雨。[以此]追蹤考亭，誠不愧也。

## 第四章　元[代]之詩學

元代之詩家，推[二][元]遺山，[可]謂蘇東坡後一人。元好問，字裕之，號遺山，太原秀容

[一] 用力：改為『致力』。
[二] 推：改為『首推』。

人。年十四，從學郝陵川，淹貫經傳百家。業成，下太行，渡大河，作《箕山》、《琴臺》等詩。時趙秉文官禮部，招之，於是好問名震京師，以著作自任。其詩具皆精妙，悲壯沈鬱。郝經謂其歌謠跌宕，挾幽並之氣。高視一世，以五言為工，出奇於長句雜言。《金史》本傳亦謂其詩奇崛而絕雕劌，巧縟而謝綺麗，五言高古，七言奇鬱，樂府不用古題，特出新意。《簡明目錄》云：「好問才雄而學贍，其詩趣皆興象深遠，風格遒上。金元兩代談藝者，奉為大宗。」沈德潛謂：「元裕之七言古詩，氣王神行，平蕪一望，時得峰巒高插、濤瀾動地之概。又東坡後一能手也。」趙翼以蘇、陸比較，云蘇、陸古體詩，行墨間尚多排偶，一則以肆其博辨，一則以侈其藻繪，固才人之能事也。遺山則專以單行，絕無偶句，構思窅渺，十步九折，愈折而意愈深，味愈雋，雖蘇、陸亦不及也。由此觀之，若論詩，豈非遺山為元代之冠歟。

## 第五章　元[代]之古文學

元以古文名家者，斷推四傑。虞集嘗從吳文正游，作[一]文頗得程朱微意；揭傒斯敘事整嚴，凡朝廷諸冊，皆出其手；黃溍俯仰從容，不矜聲色，而布置援据，卻極謹切；柳貫沈鬱春容，涵肆演迤，其得力處在受性理之學於金履祥。[而]要以虞伯生之心解神契為最。此外如元德明、

[一]作：改為『其』。

歐陽元、吳萊、楊載，後先輝映，亦彬彬然其有文也。

## 第六章　小說戲曲之發達

元以前之小說，大都神仙變異[一]，或巷說街談。始自周之稗官者流，宋元繁矣[二]，《四庫總目》分為三派：敍述雜事、記錄異聞、綴輯瑣語。至元代則《水滸傳》出自施耐菴，自此至明，小說益盛，有《西遊記》、《後水滸》、《三國演義》等[三]。

有[四]漢以後，詩有樂府之體，樂府之法，至唐而絕，而[五]世所歌皆絕句。唐人歌詩之法，不傳於宋，而世所歌皆詞。宋人歌詞之法，至元亦[漸]不傳，詞調[一]變，[而]戲曲[乃]起[六]。金有北曲，元有南曲。南曲以《琵琶記》為首，高則誠之所著；北曲[七]以《西廂記》為首，王實甫之所作。此小說戲曲之大略，而元代之特色也。

[一] 變異：改為「怪異」。
[二] 宋元繁矣：改為「至宋元而繁」。
[三] 《三國演義》等：改為「及《三國演義》等書」。
[四] 有：改為「自」。
[五] 而：改為「惟」。
[六] 起：後增「矣」。
[七] 北曲：前增「□元末」。

# 第七章　歐洲學術之輸入

元太祖成吉思汗，起於斡難河、克魯倫河間，以蓋世之雄，有衡行大陸吞併八紘[一]之志，率蒙古諸部，經畧亞西亞，遂及歐羅巴，兵鋒所及，遠近懾服。印度、土耳其、波斯、亞剌伯、匈牙利、俄羅斯，皆為所蹂躪。以所畧地，分四汗國：自中國至滿洲，自蒙古至西藏，其叔窩闊臺主之；自天山南路至喜馬拉耶西至興都克士，仲子察合台主之；自花剌子摸至波斯、印度，自興都克士至高加索，季子拖雷主之；自地中海至裏海、黑海、阿速海，延及北冰洋，長子术赤[二]主之。既而成吉思汗殂，經太宗窩闊台、定宗貴由、憲宗蒙哥，至世祖忽必烈，亦繼太祖之志，遂滅宋，有中國本部，稱帝，西亞西亞亦受統治，版圖之大，自古無比。

蒙古為游牧之民，文學等於草昧。值東歐羅馬之文明未落[三]，工藝正盛之時，故歐洲之學術，如天算等，有輸入者。然惟佛教、回教、道教三者，紛紛於蒙古而已。故元代之文學[四]，仍未能丕興也。況忽必烈始約，不以漢人為相，故臺省要官皆北人，不用南人。是以八思巴者，

[一] 八紘：改為「歐亞」。
[二] 術赤：原稿本誤作「求赤」，徑改。
[三] 落：改為「淹」。
[四] 文學：改為「中國文學」。

薩摩斯加人也，以佛學自西藏入為帝師；馬可孛羅者，伊大利人也，以才幹任樞密副使；愛辥，猶太人也，以通星歷、醫學，為翰林學士；迦魯答思者，畏兀兒人也，以通諸國語為大司徒；阿合馬，回紇人也，用為宰輔。而獨於漢人，見用甚鮮。以故中國之文學，於元代不能發達，其所著者，僅小說、戲曲等小伎，其故蓋由此也。

## 第八章　正歷為元代之功

中國之歷，至元時頗有謬誤。元賓元十三年，改治新歷，詔郭守敬、王恂校定。守敬於此時，創作一切測候之儀。十七年，新歷成。夫元代之改定歷法，創始測儀，雖出於郭守敬考究之精，而其比較古今，收集大成，不得不謂猶太人、伊大利人之力也。況愛辥本以歷數進用，其時又值伊大利、猶太歷學發達之時，故歐亞文化，得合為一。

## 第九章　元代之醫學發達

元代更有可觀[一]者，醫術是也。中國自神農嘗百草、辨藥性以來，後之以醫家名者，始於

[一] 可觀：改為『足述』。

周之扁鵲，漢之淯於意。後漢有張機者，著《金匱要畧》、《傷寒論》十卷，醫家奉為典型，與《素問》、《難經》等並重。至晉王叔和著《脈經》。金成無已注《傷寒論》，又撰《傷寒明理論》及《論方》。自晉經南北朝隋唐五代宋間[一]幾百年，醫家寥寥。漸至金元之際，有李杲起者，字明之，號東垣，著《內外傷感辨惑論》、《脾胃論》，為醫學振新機於久衰之後。至元世而朱震亨出，字彥明，號丹溪，著《格致餘論》、《局方發揮》、《金匱鉤元》，於是朱李並稱，自是漸有考究醫術者。惜二家之外，更無學派、門戶之見生，而發達之機滯矣。然醫學[二]，至元較前代為尤可觀[三]。雖當時未知泰西物理之學，而愛辟精醫，有所輸入[四]，所缺憾者，中國以守舊之故，不見參用[五]耳。

[一] 間：改為「中間」。
[二] 醫學：改為「論醫學」。
[三] 至元較前代為尤可觀：改為「元代較盛」。
[四] 有所輸入：改為「當時必有所輸入者」。
[五] 參用：改為「參用西法」。

# 第八編[一]　明代之文學

## 第一章　總論

明太祖起布衣，定天下。當干戈擾攘之時，即徵耆宿老儒，講論道德，修明治術，以成一代規模。首建國子監，學尚實[二]用。有劉基者佐之以揚文運，其他文臣如宋濂等復能發揮之。至成祖永樂，命胡廣、楊榮、金幼孜等，修《五經四書大全》，皆用宋元注，為學者矜式，於是漢唐訓詁之學愈微，宋元性理之學益盛，故政治學術，大旨與宋同。學士大夫有挾其學說，衝突於人主之前，如方孝儒之受永樂之戮，王陽明之有閹豎之禍，皆為文學之阻力。然明代學術[三]，亦頗有渾雄壯大，為前代所未有者。

[一] 編：改為『篇』。
[二] 實：原稿本誤作『寶』，據修訂本改。
[三] 明代學術：改為『論明代文學』。

## 第二章 [明代道]學派之紛爭[一]

英宗之世，薛瑄以純儒篤信程朱，務以躬行誘導後生，學者多宗之。及王守仁出，學術始分，各成學派，門戶遂分[二]。及顧憲成講學東林，門戶之爭[三]益甚，遂成黨派，以相[四]傾軋。爰本《明儒學案》，述其學派如下。

河東學派

薛瑄為河東學派，恪守宋人矩矱。其門人曰閻禹錫、張鼎，皆秉程朱之學於師傳者也。

三原學派

王恕、韓邦彥、王之士，為三原學派。關學大概宗薛氏，三原又其[五]別派也。其門人多以氣節著。

---

[一] 明代道學派：原稿本目錄作「明代學派」。

[二] 分：改為「判」。

[三] 門戶之爭：改為「相爭」。

[四] 以相：改為「互相」。

[五] 其：原稿本誤作「有」，據修訂本改。

崇仁學派

吳與弼倡道小陂，一稟[一]宋人成說，言心則以知覺與理為二，言工夫則靜時存養、動時省察，故必敬義夾持、明誠兩進。白沙出其門，然當為別派。其門人曰胡居仁、陸九韶等。

白沙學派

白沙陳獻章，創白沙學派。有明之學，至白沙始入精微。其喫緊工夫，全在涵養，喜怒未發而非空，萬感交集而不動，至陽明而後大。兩先生之學，最為相近。其門人曰李承箕、張詡、賀欽、鄒智等。

姚江學派

王守仁，餘姚人。年十七，毅然有希聖之志，闢書院於陽明，默坐研究，提[二]良知[二字]為聖學宗旨，言知善知惡是良知，為善為惡是格物，與朱子稍異。而良知二字[三]，出於《孟子》，其本原固甚正矣[四]。後之為陽明學者，分數派。

（一）浙中相傳學派。姚江之學，自近而遠。龍場而後，四方弟子，始益進焉。若山陰范瓘、餘姚管州等是也。

---

[一] 稟：改為『秉』。
[二] 提：改為『提倡』。
[三] 二字：改為『之說』。
[四] 固甚正矣：改為『又甚正大』。

（二）江右相傳學派。姚江之學，惟江右為得其傳。郭守益、羅洪先、劉文敏、聶豹，其選也。再傳而為王時槐、萬廷言，皆能推原陽明未盡之意。是時越中，流弊錯出，挾師說以杜學者之口，而江右獨能破之。陽明之道，賴以不墜。蓋陽明一生精神[一]俱在江右。

（三）南中相傳學派。南中之名[二]王學者，陽明在時，黃心齋、王岳、朱得之、戚秀夫、周道通、馮恩，其著也。陽明歿後，錢德洪、王畿[三]、龍谿所在講學，於是涇縣有水西會，甯國有同善會，江陰有君山會，貴池有光岳會，太平有九龍會，廣德有復初會，江北有南譙精舍，新化有程氏世廟會，泰州復有心齋講堂，幾乎比戶咸知矣（王畿，龍溪私淑）。

（四）楚中相傳學派。楚學之盛，惟耿天臺一派。自泰州流入，當陽明在時，其信從者尚少。蔣信實得陽明之傳。天臺之派雖盛，反多破壞。

（五）北方相傳學派。北方之為王學者獨少，惟穆孔暉、南大吉為陽明門人。

（六）粵閩相傳學派。嶺南之士，學於陽明，開府[四]贛州，從學者甚衆。陽明在南海之涯，「七郡耳，」郡之中[五]有辥氏之兄弟子姪，而又有楊氏之昆季，[六]其餘聰明特達、毅然任道

---

[一] 精神：改為「精力」。

[二] 名：改為「為」。

[三] 王畿：後增「亦表之也」。此句當加在「龍谿」之後，否則句不可通。

[四] 開府：改為「當開府」。

[五] 郡之中：改為「其郡之人」。

[六] 後增「皆受學于陽明」。

之器[一]，以數十[二]。乃今之著[三]者，惟辥氏學耳。其門人曰方獻夫、辥侃、辥尚賢、楊仕鳴、梁焯、鄭一初（以上粵）、馬鳴衡（閩）。

泰州學派

陽明之學，有王畿而風行天下，亦因王畿而漸失其傳。王畿時[時]不滿其師說，益啟瞿曇之秘而歸之師，蓋躋陽明而為禪矣。然王畿之後，力量無過於龍谿者，又得江右為之救正，故不至十分決裂。泰州之後，傳至顏鈞、何心隱一派，遂復非名教之所能羈絡矣。諸儒曰顏鈞、何心隱、鄧豁渠、方與時、程學顏、錢同文、管志道、王艮、徐樾、羅汝芳等。

甘泉學派

湛若水，其門人曰呂懷、何遷、洪垣、唐樞、蔡汝南、馮從吾、唐伯元等是也。

東林學派

東林諸儒，曰顧憲成、高攀龍、錢一本、孫慎行、顧允成、劉永澄、辥敷教、葉茂才、許世卿、耿橘、劉元珍、黄尊素、陳龍正等。其關係詳下第六章。

[一] 器：改為『士』。
[二] 以數十：改為『計亦數十』。
[三] 著：改為『傳』。

# 第三章　明[代]之古文學

明代開國，劉青田、宋金華稱人文之正。萬天臺得力潛溪，時有小韓之目。而方孝孺[一]亦以文雄。然惟潛溪之文，機軸由己，雖少剪裁之功，而一以敷腴朗暢為主，深博典贍，蔚然開國氣象。其後楊東里以簡淡和易為主，雖乏充拓[二]，而源出歐陽氏，至今貴之，曰臺閣體。李西崖源出虞道園，穠於楊而法不如，簡於宋而學不足，要其吐納和雅，猶不失正始之音。故永宣以還，作者皆沖融演□[三]，萬事鉤棘，惟氣體漸衰耳。自李夢陽、何景明倡言復古，文自西京而下，一切吐棄[四]操觚談藝之士，翕然宗之，文始一變。迨嘉靖時，王慎中、唐順之輩，文宗歐曾，李攀龍文主秦漢，王李之持論，[大]與夢陽相唱和。就中惟唐荊川熟於史事，黃[五]陶菴深於古學，不僅以文章見長。厥後歸有光出，醞釀六經，尤[六]為純粹，瓣香南豐而直逼昌黎。

[一] 方孝孺：改為「甯海方孝孺」。
[二] 充拓：後增「之度」。
[三] 演□：原稿本後一字無法辨識。修訂本改作「緜邈」。
[四] 吐棄：後增「而」。
[五] 黃：原稿本誤作「菴」，形近之故，據修訂本改。
[六] 尤：改為「允」。

震川於諸作者最晚出，而最為正宗，嘗以司馬、歐陽自命，力排李何王李，而[一]徐渭、湯顯祖、袁宏道、鍾惺之屬，亦各爭鳴一時，於是宗李何王李者稍衰。夫李夢陽、何景明、徐禎、邊貢、王廷相、王九思、康海，非所謂前七子者，乃[二]皆倡為復古之論者也。然按《崆峒》諸集，又不過優孟衣冠而已。至若後七子，如王世貞、李攀龍、徐中行、宗臣、吳國倫、梁有譽、謝榛等，所謂後七子者，雖云自唐以後不足法，其實祖述李何，互相標榜，而勦襲模仿，取[其]貌而遺[其]神，此歸震川所以昌言排之也。若明末五子，如趙用賢、李維楨、魏允中、屠隆、胡應麟，又失於蔓蕪矣。至於袁宏道之宗眉山，則徒自負耳。啟禎時，錢謙益、艾南英準矩矱於北宋，張溥、陳子龍擷芳華於東漢，差[三]為後勁耳。

## 第四章　明[代]之詩學

明初，承元遺習，稍尚詞華。劉伯溫獨標骨幹，時能規橅韓杜；高季迪出入於漢魏六朝唐宋諸家，而步蹊未化，可以變元風，尤不足以追大雅。要之明初詩人，以二公為冠，袁凱、楊

[一] 而：改為「此外」。
[二] 乃：改為「是」。
[三] 差：改為「堪」。

基次之，張以甯、徐賁[一]、張羽又次之。世[二]以高楊張徐為明初四家。永樂以還，崇尚臺閣體，李東陽力挽頽風，李何七子，起而振之，詩遂復歸於正。七子惟李夢陽雄渾悲壯、鼓盪飛揚，何景明秀朗俊逸，回翔馳驟，同宗少陵，而所造各異，駸駸乎一代之盛，有非徐禎卿、邊貢、王廷相、王九思、康海所可及者。錢謙益信口譏之，謂其『摹擬剽竊，同於嬰兒學語』，未免誤[三]矣。[而]其時楊用修負高明伉爽之才，空所依傍，拔戰[四]於李何之外，而自成一隊。薛蕙、田叔嗣並以沖淡為宗，華蔡希韋柳之風，皇甫沖仰三謝之體，亦正嘉時之爾雅者也。後七子王世貞樂府古體，卓爾成家，李于鱗[五]七言近體，高華矜貴，未嘗不各有所長，但鍛鍊未純，摹古太甚耳。而謝榛、吳國倫、徐中行、宗臣、梁有譽等輔之，沿襲雷同，致來攻擊之口，於是一變為袁公安之詼諧，再變為鍾伯敬、譚友夏之僻澀，三變為陳仰純、程孟陽之纖佻，而詩衰極矣。論者反推[六]孟陽，歸咎王李，並刻論李何，究不過為門戶之見耳。萬歷以來，高攀龍雅淡清真，得陶公意趣，陳子龍開闢榛蕪，

[一] 賁：原稿本誤作『貫』，形近之故，徑改。
[二] 世：原稿本作『共』，意不甚明，據修訂本改。
[三] 誤：改為『甚』。
[四] 拔戰：改為『樹幟』。
[五] 李于鱗：原稿本誤作『李于麟』，據修訂本改。
[六] 推：改為『推崇』。

上窺正始，殆[一]為不染時趨者[二]。

## 第五章　明代采用歐洲歷學

泰西推步之術，算術之學，大見采用，自明代始。永樂以還，航海之術益廣，鄭和、馬歡[三]遠横印度洋，赴波斯、亞剌伯，南下阿非利加東岸，歸時[四]得見南洋羣島。其時測算之術，已可[五]用之航海，可知[六]自明初歐學輸入中國，算學星歷之書，遂有譯本。如李之藻、徐文定之徒，盛采西學，改革固有星歷之法，遂一[七]大更變，於是《幾何原本》等書，入中國矣。

[一]殆：原稿本作「始」，形近而誤，據修訂本改。
[二]者：後增「歟」。
[三]馬歡：原稿本作「馬觀」，形近而誤，徑改。
[四]時：原稿本作「朝」，形近而誤，據修訂本改。
[五]可：改為「能」。
[六]可知：後增「矣」。
[七]遂一：改為「而」。

## 第六章　明季東林學派之影響

明季顧憲成起，駁王氏心體無善惡之說，高攀龍、辥敷教、史孟麟、于孔兼輩皆從之，成東林之黨，張門戶，爭學派。憲成沒後，蔓延紛呶不止，凡抗論朝政者，皆為東林屏擊無虛日，終中魏閹之毒[一]，一網打盡，殺戮禁錮，善類為空。及崇禎立，始漸收用，而朋黨之勢已成，紛爭[二]太熾，至明亾猶不止。明代學派之盛，學說之繁，固可推尚，而以其爭[三]［競之口舌］，累及邦家，則[四]亦難辭其咎矣。

［一］毒：改為「害」。
［二］紛爭：改為「爭□」。
［三］其爭：改為「口舌之爭」。
［四］則：後增「學士大夫」。

# 第九編[一] 國朝之文學

## 第一章 總論

國朝之文學，經學有顧炎武、黃宗羲、朱彝尊、毛奇齡、閻若璩、惠士奇等開其先；道學有湯斌、孫奇逢等開其先；古文[二]有侯方域、汪琬、方苞等開其先；詩人[三]有吳偉業、宋琬、施閏章、王士禎、尤侗等開其先。[國朝]康熙時，人才傑出，故能發揚一代之光華。雍乾之際，文家[四]如劉大櫆、姚鼐[、袁枚]諸人，詩人如查慎行、厲鶚、蔣士銓、王文治、趙翼、張問陶諸人，亦不讓前代。而況考據之學，[惟本朝]為[五][最]精博。性理之學，至乾隆朝而一歸於正。

[一] 編：改為「篇」。
[二] 古文：改為「文學」。
[三] 詩人：改為「詩學」。
[四] 文家：改為「文章家」。
[五] 為：改為「尤為」。

他如批評小說，則有金聖嘆等。道光以來，西學東漸，於是歐亞文化，混合[而]為一。迄今[一]學校興，學科分，求學之士，凡得之於學堂者，皆有科學之性質，於是文章益形進步矣[二]。

## 第二章 [國朝之]經學

窮經之士，莫盛於我朝[三]。其專門漢學，確守師法者，自崑山顧氏、太原閻氏倡之於前，而諸儒繼之於後，魏晉以下，無與匹焉。此江藩所以有《[國朝]漢學師承記》之作也，而[四]諸儒著述之行世者，可得而述焉。

[國朝]治《易》之儒，亦有攻王弼之注、斥陳摶之圖者，如[五]黃宗羲之《易學象數論》，雖闢陳摶、康節之學，而以納甲動爻為僞象，又稱輔嗣注簡當無浮詞，失之矣。黃宗炎之《周易象辭》、《圖書辨惑》，亦力闢宋人圖書之說，然不宗漢學，皆非篤信之儒。毛奇齡《仲氏易》、《推易始末》、《春秋占筮書》、《易小帖》，四書頗宗舊旨，不雜蕪詞，然以交易為伏羲之易，反

[一] 迄今：改為「光宣之間」。
[二] 於是文章益形進步矣：改為「學者知有實質之學矣」。
[三] 我朝：改為「清代」。
[四] 而：改為「當時」。
[五] 如：改為「然」。

易、對易之外，又增移易，為文王之周易，牽合附會，不顧義理，務求詞勝，凡此諸書皆不取[一]。惟胡渭《易圖明辨》，惠士奇《易説》，惠定宇《易漢學》、《易例》、《周易本義辨證》，洪榜《易述贊》，張惠言《周易虞氏義》、《虞氏消息》，顧炎武《易音》[二]為善。

國朝[三]閻氏、惠氏出，而偽古文[四]寖微，馬鄭之學復顯。其餘注《尚書》者，十有餘家，然不知偽古文、偽孔傳者，概無足取。毛西河、胡朏明雖知古文之偽，然一作《寃詞》、一作《洪範正論》，闢漢學五行災異之説，不知[五]夏侯始昌之《洪範五行傳》，亦出伏生，皆誤也。惟閻若璩《古文尚書疏證》，胡渭《禹貢錐指》，惠定宇《古文尚書考》，宋鑒《尚書考辨》，王鳴盛《尚書後案》，江艮庭《尚書集注音疏》、《尚書經書表系》，段玉裁《尚書撰異》[六]為善。

［國朝］治《詩》諸老，莫不黜朱子而宗毛鄭，然朱鶴齡之《通義》，雖力駁廢序之非，而又採歐陽修、蘇轍、呂祖謙之説，蓋好博而不純者也。鶴齡與陳啟源商榷毛詩，啟源著《稽古編》三十卷，惠定宇亟稱之。其書宗毛鄭，訓詁、聲音以《爾雅》為主，草木蟲魚以陸疏為則，可謂專門名家矣。然其解西方美人，則盛稱佛教東流，始於周代。至謂孔子抑藐三皇，而獨聖西

---

[一] 皆不取：改為『皆所不取』。
[二] 《易音》：後增『九種』。
[三] 國朝：改為『清世自』。
[四] 偽古文：後增『為書』。
[五] 不知：改為『未明於』。
[六] 《尚書撰異》：後增『八種』。

謂庖犧必方；解捕魚諸器，謂廣殺物命，絕不知怪，非大覺圓異之文，莫能救之，妄下斷語。謂庖犧必不作網罟，殊為怪誕。顧震滄《毛詩類釋》，亦多鑿空之言，非專門之學。惟惠周惕《詩說》、戴震《毛鄭詩考正》、顧炎武《詩本音》、錢坫《詩音表》、陳奐《毛詩疏》、馬端辰《毛詩傳箋通釋》為善。

[國朝]治三禮者，萬斯大、蔡德晉、盛百二諸人，皆致力甚深。然或取古注，或參妄說，吾不取焉。其善者沈彤《周官田祿考》，惠定宇《禘祫說》，江永《周禮疑義舉要》，戴震《考工記圖》，任大椿《弁服釋例》，錢坫《車制考》，張爾岐《儀禮鄭注句讀監本正誤》，沈彤《儀禮小疏》，江永《儀禮釋官譜增注》，胡培翬《儀禮正義》，金日追《儀禮正譌》，褚寅亮《儀禮管見》，張惠言《儀禮圖》，凌廷堪《禮經釋例》，黃宗羲《深衣考》，惠定宇《明堂大道録》，江永《禮記訓義釋言》、《深衣考誤》，任大椿《深衣釋例》，惠士奇《禮說》，江永《禮書綱目》，金榜《禮箋》[一]。

[國朝]為公羊之學者，阮伯元、孔廣森最深，凌曙次之，其餘不明家法者不取[二]。穀梁之學，鍾文烝頗有得[三]。左氏則吳江朱氏、無錫顧氏，皆為[四]之。然鶴齡雜取邵寶、王樵之說，

[一]《禮箋》：後增「諸書耳」。
[二]者不取：改為「所不取焉」。
[三]有得：改為「有所得」。
[四]為：改為「常治」。

不採賈、服；震滄《大事表》雖精，然實以馬宛斯之書為藍本，且不知著書之體，有不必表者亦表之，是其短也。其善者孔廣森《公羊通義》，淩曙《公羊禮疏》，鍾文烝《穀梁補注》，侯康《穀梁禮徵》，顧炎武《左傳杜解補正》，馬驌《左傳事緯》並附録，陳厚耀《春秋長歷》、《春秋世族譜》，惠定宇《左傳補注》，沈彤《左傳小疏》，江永《春秋地理考實》，惠士奇《春秋說》[一]。《論語》、《孟子》、《大學》、《中庸》，至宋而後合行。國朝[二]作注者，閻若璩《四書釋地》、江永《鄉黨圖攷》、戴震《孟子字義疏證》、焦循《孟子正義》、宋翔鳳《孟子趙注補正》皆善。《孝經》惟阮福《義疏》有據，《爾雅》邵氏《正義》、郝氏《義疏》，皆博大。

其釋羣經總義者，如朱彝尊《經義考》、翁方綱《經義攷補正》、吳陳琰《五經古今文考》、馮登府《十三經詁答問》、陳澧《東塾讀書記》。其餘盡薈萃於《皇清經解》中[三]，此為[四]阮文達公所輯，為說經一大統宗，學者不可不一讀也。

[一]《春秋說》：後增「諸書耳」。
[二]國朝：改為「清之」。
[三]中：改為「一書」。
[四]為：改為「係」。

# 第三章 [國朝之]性理學

自陸象山氏以本心為訓，而明之餘姚王氏，乃頗遙承其緒。其說主於良知，謂吾心自有天則，不當支離而求諸事物。自是以後，沿其流者百輩。間有豪傑之士，思有以救其偏，變一説則生一蔽。高景逸、顧涇陽之學，以靜坐為主，所重仍在知覺，此變而蔽者也。近世乾嘉之間，諸儒務為浩博。惠定宇、戴東原之流，鉤研訓詁，本河間獻王實事求是之旨，薄宋賢為空疏，夫所謂事者，非物乎。是者，非理乎。實事求是，非即朱子所稱即物窮理者乎。亦變而蔽者也。別有顏習齋、李恕谷氏之學，忍嗜欲，苦筋骨，病宋賢為無用，又一蔽也。由前之蔽，排王氏而不塞其源，[是五十步笑百步之類矣；]由後之二蔽，矯王氏而過於正[，是因噎廢食之類矣]。我朝[一]崇儒一道，[正學翕興]平湖[二]陸子、桐鄉張子，闢詖辭[而]反經[三]，確乎其不可拔[四]。陸桴亭、顧亭林之徒，博大精微，體用兼賅。[其他鉅公碩學，項領相望，二百年來，大純小疵，區以別矣。]

[一] 我朝：改為「清代」。

[二] 平湖：前增「如」。

[三] 反經：改為「反常經」。

[四] 確乎其不可拔：改為「有功宋儒，有益世教，又如」。

# 第四章 [國朝之]輿地學

地理學自元末麥高、永樂鄭和以來，以顧亭林、閻百詩、胡朏明、顧景范四家為最。

顧炎武博及羣籍，精於考證，明末國[一]初之際，莫不推仰[二]之。所著《日知録》、《左傳杜解》、《補二十一史年表》、《韻學五書》、《金石文字記》、《九經誤字》、《石經攷》、《考古録》，皆卓然名家。且長於地理、水利、形勢、沿革，著《天下郡國利病書》、《肇域志》、《昌平山水記》、《歷代帝王宅京記》。[三]

閻百詩名若璩，著有《古文尚書疏證》、《四書釋地》，其餘經術雖考證未多，而於地理、人名、物類、訓詁、典制及經義，旁參互證，多所貫通，幾與黃、顧同揆。同時又有胡渭字朏明者，亦能道古人所未及，仰承黃顧，下啟來哲，興起國[四]朝輿地之學。

胡渭最精輿地，徐乾學奉聖祖[五]敕修《一統志》，開館洞庭，延渭及黃儀、顧祖禹、閻若璩分郡纂輯，因得博觀天下郡國之書，所學益致其精。家居著《禹貢錐指》，歷代義疏、方輿圖

[一] 國：改為『清』。
[二] 推仰：改為『推崇』。
[三] 後增『皆□身明地而又足跡遍中國，亦可為子長後一人也』。
[四] 國：改為『一』。
[五] 聖祖：改為『康熙帝』。

志，搜索殆遍，於九州之分域，山水之脈絡，古今之異同，無[一]弗詳明。其於經術著《易圖明辨》、《洪範正論》[二]。

與胡渭共纂《一統志》者，顧祖禹著《讀史方輿紀要》，與顧亭林《郡國利病書》並稱。夫十八行省通志之浩瀚，以人主之力，廣集通材而後成，祖禹以一布衣，構此偉業[三]，何可多覯[四]。厥後楊守敬、饒敦秩之《歷代沿革險要圖》出，益以完備。

## 第五章 [國朝之]算學

泰西算術，自元明以來，輸入中國，聖祖[五]兼宗歷代厤法、數術，參用泰西法[六]，撰定《律厤淵源》、《厤象考成》、《數理精蘊》[七]。乾隆[繼業，]更撰《儀象考成》及《厤象

[一] 無：改為「罔」。
[二] 《洪範正論》：後增「亦精」。
[三] 偉業：改為「偉著」。
[四] 覯：改為「得」。
[五] 聖祖：改為「康熙」。
[六] 法：改為「新法」。
[七] 《數理精蘊》：後增「三書誠絕業也」。

考成後編》[一]。梅文鼎以算學大家[二]，至康熙六十年始沒，年八十九，即助輯《律麻淵源》者也。又著《麻算全書[三]》行世，此亦麻數術中一新時代[四]也。

梅文鼎斠酌[五]泰西之學，而[六]術益精。耄年罷歸，聖祖[七]尚詔令修樂律、麻算諸書，及《律呂正義》成，復驛召文鼎校勘。其所著《麻算全書》，於泰西諸法，參用不遺。其後戴東原、江慎修、李光地，均精於天算之學，至李善蘭（海甯人，字壬叔）出，乃復中西一貫，並譯《幾何原本》後九卷，以績成徐文定未竟之業，其功[八]為何如哉。劉氏繼之，著有《簡易菴算稿》，其殷殷教育，佑啟後人，悉於此書見之。餘如華蘅芳等，□[九]近代之表表者也。

---

[一]《麻象考成後編》：後增「亦稱精卓」。
[二] 大家：改為「名家」。
[三] 麻算全書：原稿本誤作「麻數全書」，徑改。
[四] 時代：改為「世界」。
[五] 斠酌：改為「參」。
[六] 而：改為「其」。
[七] 聖祖：改為「康熙」。
[八] 其功：改為「其有功於後學」。
[九] □：改為「亦」。

# 第六章　[國朝之]古文學

國初之文章家，有侯方域、魏禧、汪琬三家。康熙末，桐城方望溪氏以古文專家之學，主張後進，海峰承之，遺風遂衍。姚惜抱稟其師傳，覃心冥追，繼方劉為古文學，天下相與尊尚其文，號桐城派。當海峰之世，有錢伯坰[魯思]者，從受其業，以師說稱頌於陽湖惲子居、武進張皋文，子居、皋文遂稟其聲韻考訂之學，而學古文，於是陽湖為古文之學者特盛。陸祈孫《七家文鈔序》言之[一]，此陽湖為古文者，自述其淵源，非與桐城有角立門戶之見也。宗派之說，起於鄉曲競名者之私，播[二]於流俗人之口耳。道光末造，士多語周秦漢魏，薄清淡簡樸之文，為不足為。梅郎中、曾文正之倫，相與修道立教，惜抱遺緒，賴以不墜。逮粵寇肇亂，禍延海宇，於是[三]古文之學，稍稍[四]衰[矣]。茲述古文家如下。

侯方域，字朝宗，號雪苑，河南商丘人。方域初耽聲伎，後發奮深悔，為古文詩，學韓歐之學，遂以古文雄視一世。其人豪邁不羈，又任俠使氣，其友嘗以周瑜、王猛比之。所著有《壯

[一] 言之：改為「曾言之」。
[二] 播：改為「見」。
[三] 於是：改為「由是」。
[四] 稍稍：改為「遂」。

悔堂文集》，其文才氣奔放，超軼雄悍，如天風之吹起，暴雷猛雨之驟至。

魏禧，字冰叔，號勺亭，甯都人。[有]兄弟三人，皆善文辭，世稱『三魏』。當明末流賊之熾，移家翠微峯。肆力古文之辭，喜讀左氏、蘇洵之文，故其為文，主識見議論，淩厲雄健。嘗與人論八家之病，云學柳州易失之小，學廬陵易失之平，學東坡易失之衍，學潁濱易失之蔓，學半山易失之枯，學南豐易失之滯，惟學昌黎、老泉少病，然昌黎易失之生，老泉易失之粗，惟病終愈於他家耳[一]。有《甯都三魏文集》行世。

汪琬，字苕文，號鈍菴，江蘇長洲人，學者稱堯峰先生。肆力[二]古文辭，嘗慨然念前明隆萬以後古文道喪，乃由南宋以上溯韓歐，卓然思起百數十年文運之衰，無時不以古文自操[三]。朱彝尊，字錫鬯，號竹垞，秀水人。名埒顧炎武，每游必橐載十三經、廿一史以自隨。康熙十八年，以布衣召試博學鴻詞。《簡明目錄》云：『彝尊以布衣登館閣，與一時名士掉鞅文壇。』時王士禛工詩而疏於文，汪琬工文而疏於詩，閻若璩、毛奇齡工於考證，而詩文皆次乘，獨彝尊事事皆工，雖未必淩跨諸人，而兼有諸人之勝概。其著作實不愧一代之詞宗，蓋其文以古雅勝[四]。

邵長蘅，字子湘，號青門，無錫人。熟於史學，故文亦長於敍事。宋犖云：『子湘之

[一] 耳：後增『此為甘苦有得之□』。
[二] 肆力：改為『用力於』。
[三] 自操：改為『自習』。
[四] 勝：後增『者也』。

文，立言必依道，純而肆，簡潔而雄深。大較英颯飈發，不如朝宗，而根柢勝之；明切善議論，不如叔子，而春容勝之。

方望溪，名苞，字靈皋。肆力[一]古文，李文貞[公]見之曰『韓歐復出，北宋後無此作矣。』又萬斯同語公曰：『子於古文信有得矣，然願子勿溺也。唐宋諸家，惟韓愈氏於道粗有明，其餘資學者愛玩而已，於世非果有益也。公輟古文之學，壹意窮經，故公[二]之文，乃見道之文也[三]，直[四]上接韓歐[矣]。』

劉大櫆，字耕南，號海峯。生而好學，工詩古文。當康熙末，方侍郎苞，名重京師，見先生文，大奇之，語人曰：『如苞者，何足言。同里劉大櫆，乃今世韓歐也。』自是天下皆聞劉海峯名。姚姬傳從其遊，世遂有桐城派之目。

姚鼐，字姬傳，號惜抱。稟其師傳，天下翕然號為正宗。惜抱軒文[字]，多以清宕取神。

姚範，字南青，號薑塢。能文，著有《援鶉堂文集》，其文亦謹守歸、方遺範者[也]。

朱仕琇，字斐瞻，號梅崖，福建建甯人。著有《梅崖文集》，其文勁氣直達，昌黎所謂短長

[一] 肆力：改為「致力」。
[二] 公：改為「望溪」。
[三] 文也：改為「言」。
[四] 直：改為「直可」。

惲敬，字子居，江蘇陽湖人。著有《大雲山房集》。其文以氣為主，當時與桐城角立，謂之陽湖派。

魯仕驥，字絜非，江西新城人。著有《山木集》。姚姬傳謂其文似曾子固。

彭紹升，字允初，號尺木。著有《二林居集》。白菴先生謂其文氣勁而厚。高下皆宜者是也[一]。

張惠言，字皋文，江蘇武進人。著有《柯茗文集》，與惲子居同學古文，其文辭斐然有采。

姚瑩，字碩甫，範曾孫。著有《東溟文集》。其文恪守桐城師法，為後賢之俊。

劉開，字孟塗，桐城人。著有《孟塗文集》。在桐城派中為［為］[二]後起之傑出者。

管同，字異之，上元人。著有《因寄軒文集》。其文頗有老泉風骨，故其筆甚駿快。

梅曾亮，字伯言，上元人。著有《梅峴山房文集》。其文純以機行，操縱離合，能窮筆力之所至，文筆極高。

方東樹，字植之，桐城人。著有《儀衛軒文集》。恪守靈皋子文格，頗得真傳。

曾國藩，字伯涵，號滌生。湖南湘鄉人。有文集四卷。公[三]確守姚氏性理、詞章、考據合

---

[一] 是也：改為『此□是也』。

[二] 為：原稿本之衍字，當刪除。

[三] 公：改為『文正公』。

一之說，故公之文，能集人成。

龍啟瑞，號輯五，字翰臣，廣西臨桂人。著有《經德堂文集》。文筆極操縱伸縮之妙。

孫鼎臣，字子餘，號芝房。湖南善化人。著有《蒼筤文集》，其文紆徐曲折，雋永有味。

吳敏樹，字南屏。湖南巴陵人。著有《柈湖文集》，其文風神駘蕩，直入震川之室。

# 第七章 [國朝之]韻文

古無駢散之別。自韓文公起，斥六代之文為浮靡，於是以偶儷之文為駢文，以單行之文為古文，自此相沿成習。或以刻鏤太工，為揚雄之小技，或以玩物喪志，為程子之箴言，不知駢文與散文，跡似兩歧[一]，道實一貫。曾煥有言：『古文喪真，反遜駢體；駢體脫俗，即是古文。』惟齊梁既創體於前，斯風氣遂相沿於後。業已推六朝為極則，自當舉二體以分途。唐宋則代有變遷，元明實不無頹敗[二]。國朝以來[三]斯學日進，宗工迭出，家數紛歧[四]。茲述其正宗如下，學者[取而讀之]可以知其梗概矣。

[一] 歧：原稿本誤作「岐」，徑改。
[二] 頹敗：後增「斯言持論平允」。
[三] 國朝以來：改為「清代」。
[四] 歧：原稿本誤作「岐」，徑改。

蕭山毛奇齡，字大可。才氣卓越，筆無滯機。劉舍人所謂『明絢以雅贍，迅發以宏富』者也。

宜興陳其年，名維崧。情辭委婉，識議超雋，雅近初唐，誠駢文之正軌也。

山陰胡天遊，字稚威。文雄采壯，大氣包舉，詞尚瑰偉，仲宣明遠，兼擅其勝。

仁和杭世駿，字大宗。其文希音幽旨，善為唐人小品文字，沈悶者當師之。

華亭黃之雋，字唐堂，其文腴潤峭拔，綺麗中更饒秀逸。徒事[一]肥膩者，當奉為典型。

錢塘袁枚，字子才。其文雄深雅健，氣能載辭，志和音雅，真蓋世之雄文也。

錢塘吳錫麟，字穀人。其文委婉有致，肅穆其氣，和昶其辭，有雍容揄揚之度。

江都汪中，字容甫。其文兀奡恣肆，情深而文明，由其經術湛深故也[二]。

曲阜孔廣森，字顨軒。其文瓌異崇閎，博大昌明，凡所作為[三]，皆有體制。

陽湖孫星衍，字淵如。其文情詞斐美，音韻鏗鏘，退之所謂『紆徐為妍，卓犖為傑』者，兼而有之。

儀徵阮元，字芸臺。其文議論崇閎，文筆[四]秀勁，淵淵有金石聲，粹然儒者之言[五]。

---

[一] 徒事：改為『筆下』。
[二] 故也：改為『故能詞皆淵雅也』。
[三] 凡所作為：改為『凡其所作』。
[四] 文筆：改為『筆致』。
[五] 言：後增『也』。

陽湖洪亮吉，字稚存。文有峻骨，寓以綿思[一]，辭華富贍，有江鮑之遺音[二]。

## 第八章 [國朝之]詩家

本朝[三]之詩家，當推吳梅村為首。趙翼評梅村詩，有不可及者二：一則神韻悉合唐人，不落宋以後腔調，而指事類情，又宛轉如意，非如學唐者之徒襲其貌也；一則庀材多用正史，不取小說家故實，選聲作色，又華豔動人，非如食古者之不化也。宗派既正，辭藻又豐，不得不推為近代中[四]之大家。

繼梅村而雄峙者，有「南施北宋」，北則宋琬，南則施閏章。宋琬，字玉叔，號荔裳[五]，山東萊陽人。施閏章，字尚白，號愚山，江南宣城人。兩家之詩，宋以雄健磊落勝，施以溫柔敦厚勝。

[一] 綿思：改為「緜邈之思」。
[二] 遺音：後增「焉」。
[三] 本朝：改為「清代」。
[四] 中：改為「詩中」。
[五] 荔裳：原稿本誤作「愚山」，與施閏章之號相淆，據修訂本改。

本朝[一]詩學極盛，如陳維崧、尤侗、朱彝尊、王士禎、查慎行、趙執信、厲鶚諸人[二]。至乾隆時，更有袁枚、張問陶、吳錫麟等，皆稱作者。

陳其年，號迦陵，有《湖海樓詩》。尤侗，號西堂，歸田以後，詩仿樂天，以古體見長。王士禎，字阮亭，號漁洋，以詩鳴海內，為一代之大宗[三]。當時與阮亭對稱者，為朱竹坨、趙秋谷。論國[四]初[之]詩人，以朱王二大家為最。趙執信，字神符，號秋谷。其詩以思路鑱刻為主，王阮亭以神韻縹緲為主。《簡明目錄》評二家之詩云：『王之規模，闊於趙而流弊傷於膚廓；趙之才力，銳於王而末派病於纖仄。兩家並存其得失，適足相救也。』查慎行，字悔餘，號初白，浙江海甯人。其近體詩出於陸，古體詩出於蘇，趙雲松評其詩『才氣開展，工力純熟』云。厲鶚，字太鴻，錢塘人，有《樊榭山房集》。學問淹洽，詩品清高。

乾隆以來，詩學稍稍變矣，其派自袁子才開之。袁簡齋與蔣心餘齊名，嘗著詩話，評青蓮以下諸大家，論者以為知豪傑之甘苦。蔣士銓，字心餘，號苕生，有《忠雅堂集》。王文治，字禹卿，號夢樓[五]，其聲華與袁子才相上下。趙翼，字雲松，號甌北，江蘇陽湖人。張問陶，字

---

[一] 本朝：改為『清代』。
[二] 諸人：後增『皆清初之大家也』。
[三] 之大宗：改為『詩宗』。
[四] 國：改為『清』。
[五] 夢樓：原稿本誤作『蔓樓』，形近之故，據修訂本改。

仲治，號船山，四川遂甯人。其詩生氣湧出，沈鬱空靈，於諸名家外，又闢一境，如《寶雞題壁》諸篇，評者以為得老杜《諸將》之遺。他如吳錫麟（穀人）、吳文溥（澹人）、陳文述（碧城）之徒，亦乾嘉間之作者也。

## 第九章　[國朝[一]之]小說戲曲

自元明《琵琶》、《西廂》、《西遊》、《水滸》以來，其風至近年更甚。李笠翁十二曲為之魁。孔東塘、洪昉思之徒，染[二]其絢爛之筆，聲振一時。金聖歎以批評名家，作為文章，風雲月露，咳唾珠玉，驅使六朝脂粉之氣，漢魏典雅之文。惜乎聖歎以後，無復繼起，小說之術寖以微矣。

## 第十章　[國朝]考證學之拘泥

考據之學，在於原本漢代，推闡古義，排斥異說，而世風為之一變[三]。國初[四]有顧炎武、

[一] 國朝：改為「清代」。
[二] 染：改為「濡」。
[三] 而世風為之一變：改為「而變世風」。
[四] 國初：改為「明季」。

黃宗羲、孫敁泰等，皆明之遺儒，至國朝[一]高尚不仕，惟事著書。顧炎武精於考證，開漢學之源；黃宗羲、孫敁泰修朱陸之學，開宋學之先。於是閻百詩、胡朏明、毛大可並興，主考古之說，漢學益盛。次之[二]惠定宇、戴東原等，皆繼承古學，精詳訓詁，向之空疏臆測之說，至是[一]掃[而]淨。然國朝[三]宋學亦極昌明，而[四]宋學諸子，往往反對漢學。平湖陸稼書[先生]學宗洛閩，嘗曰：『宗朱子為正學，不宗朱學即非正[五]學。』張楊園宗法考亭，嘗曰：『求異於人，即異端也；求和於人，即鄉愿也。』皆精言也[六]。惟學子之為宋學者，不免為宋學所鉗制，為漢學者，不免為宋學所束縛，不能各出創見，是亦文學之阻礙。即至近今，如曾文正者，可謂大儒矣，然亦不過合漢宋而立說，亦非有獨闢之界者也。

## 第十一章　近今之文學

明末清初，既采用麻術，又采用佛郎機之火器。粵匪以後，歐洲法、文、理、醫四科之學

[一] 至國朝：改為『易代而又』。
[二] 次之：改為『厥後』。
[三] 然國朝：改為『清初』。
[四] 而：改為『為』。
[五] 正：原稿本誤作『朱』，據修訂本改。
[六] 皆精言也：改為『此皆精言』。

入中國。厥後北京有同文館，廣東有廣方言館，天津有武備學堂，江南有製造局，福建有船政局，皆以考究歐洲之科學為目的。曾文正公以八事上奏：一國都移於中央；二掃文弱之習，開尚武之風氣；三改革軍制，以兵馬之權，集於中央；四改革財政，中央政府，宜收其權；五變科舉之法，士宜措虛文，講實用之學；六修海陸國防；七開運輸交通之便，八使青年留學歐美，習諸工藝。是時朝廷墨守成法，不見采用。後涉外交，事事棘手。中日一役後，如湖北，如浙江，皆開武備學堂，各省又開普通學[學][一]堂，由此士子咸知中國之文學，不足於用，亟亟求泰西諸學術。迨科舉罷後，學堂盛開，於是預備立憲之詔下，而學務亦設有專官。中國之文學，自此將與歐美合乎[二]。是又開前古未有之景象，而文學史上，又為之[三]生色矣。

## 第十二章 [國朝]諸儒之學派

國初[四]三大儒，黄（宗羲）則集王學之大成，顧（炎武）、王（夫之）則以閩學為指歸者也。自桴亭楊園[出，]一宗朱學，由是臨安有應撝謙、沈昀，而仁和學派興；江贛有謝文洊、

[一] 學：衍字，當删。
[二] 合乎：改為「文□相□合」。
[三] 又為之：改為「愈形」。
[四] 國初：改為「清初」。

彭任，而南豐學派興；淮南有朱深德，而寶應學派興；黃山有江右諸人，而徽州學派興。茲數公者，雖篤守朱學，要由陸王而入程朱者也，惟呂晚村興於浙東，純然朱學。此南方之儒也。北方大儒，則夏峰、二曲，調和朱陸，不尚空談。而齊魯並晉之間，耆儒輩出，宗考亭而祧陽明者有之，蓋與孫（夏峰）李（二曲）之旨稍稍殊矣。惟顏（元）李（剛主）之學，力矯宋學空疏之習。此北方之儒也。安溪李氏（光地）拾漳浦象數之緒餘，桐城方氏精熟『三禮』，與朱軾、張伯行、陳宏謀之學稍異，要皆無足輕重也。自西河毛氏，提倡漢學，排斥考亭，厥後漢學振興。東吳之學，掇拾叢殘；高郵王氏（引之）之學，研精訓詁，然皆無學派之可言。惟東原（戴震）先生倡導實學，以漢學之性理，易宋學之空言，厥功甚大，與長洲學派之流入禪宗者迥別。東原既歿，學者猶宗之。及常州學派（公羊派）興，以微言大義之學，為天下先，而學術由此雜出矣。道咸以來，治學之儒，多以漢學為破碎，於是調停漢宋，不名一家。其有立志遠大者，則又推理學以經世，如山陽學派是也。茲舉其犖犖者述如下。

夏峰學派

孫奇逢、孫博雅、魏一鼇、高鐈、曹本榮、耿極。別出竇克勤、辥鳳祚、張湣、耿介、湯斌、李來章。

二曲學派

李容、王心敬。別出李柏、李因篤、孫景烈、馮雲程、白奐彩。

蕺山學派

劉汋、沈國模、韓當。別出桑調元。

餘姚學派

黄宗羲、黄宗炎、萬斯同、全祖望。別出唐甄、邵廷采、李紱、惲敬、胡泉。

東林學派

高愈、顧樞、高世泰、朱用純、吳熼、張夏、向璿、顧培。別出刁包、惲遜菴、汪學聖。

薑齋學派

王夫之、羅澤南。別出李文炤、鄧顯鶴。

亭林學派

顧炎武。別出張爾岐、江永、包世臣。

桴亭學派

陸世儀、馬負圖、陳瑚、盛敬、張士龍。

仁和學派

應撝謙、沈昀、姚宏任、秦雲爽。別出陸寅。

南豐學派

謝文洊、彭任、宋之盛、甘京、黄采。別出魏祥。

山西學派

辛復元、李生光、黨成、陶世徵。別出范鑄鼎。

山東學派

閻循觀、韓夢圖。

楊園學派

張履祥、何商隱。

晚村學派

呂留良、曾靜、張熙。

徽州學派

江佑、汪知默、吳慎、朱宏、施璜。

習齋學派

顔元、李塨、王深、陳廷裕、戴望。別出潘天成。

安溪學派

李光地、蔡世遠、雷鋐、伊朝棟、李光坡、蔡新。別出張鵬翼、童能靈、孟超然。

長洲學派

潘恬如、鄧元昌、彭啟豐、彭紹升、汪縉。別出錢民。

西河學派

毛奇齡、陸邦烈。

東原學派

戴震、阮元、焦循、淩廷堪、程易疇、洪榜。別出惠棟、錢大昕、汪中、江藩、王念孫、王引之。

寶應學派

朱澤雲、王懋竑、劉台拱。

桐城學派

方苞、姚鼐、方東樹、方宗誠。別出陳大受、陸燿。

山陽學派

潘四農、丁晏、高均儒、吳崑田。別出曾國藩。

常州學派

莊存與、劉申受、宋翔鳳。別出魏源、龔自珍。

平湖學派

陸隴其、朱軾、張英、陳宏謀、魏裔介、魏象樞、熊賜履、胡煦、張伯行、孫嘉淦、沈受思、杜受田、翁心存、潘世恩。

石莊學派

胡石莊、劉子莊、潘詔、吳詢。

番禺學派

陳澧、黃式三、朱次琦、朱一新

# 附录

## 第三章 伏羲之文學

以上所述伏羲畫卦，不過象形之文字，政教何由繼焉。不知《易大傳》謂：『庖犧神農黄帝堯舜，則夫聖人首出御世，必有禮樂刑政之可觀。夫太卜掌三易，夏曰《連山》，殷曰《歸藏》，周曰《周易》，乃三王之書。其實《歸藏》本伏羲之書，《連山》本神農之書，《周易》本黄帝之書也。』（《文史通義·易教上注》）惟當時之政治典章，一本天地自然之道耳。夫子曰：『我觀殷道，宋不足徵。吾得坤乾焉。』夫坤乾，易類也。夫子生於周，竊憾夏商之文獻無徵，而坤乾乃與夏正之書，同為觀於夏商之所得，則其所以奥神物而□民用者，政教從出之書，以無為法憲也。昆山顧氏謂：「《連山》、《歸藏》，不名為易，太卜所掌，因《周易》而牽連得名。」今觀八卦起於伏羲，《連山》作於夏後，而夫子乃謂易興中古，作易之人，獨指文王。則《連山》、《歸藏》，固不可名為易矣（按八卦為三易所同，惟文王就八卦而系之辭而）。夫《歸藏》既本伏羲，則伏羲之書，當不僅畫八卦而已，要必有其辭焉。自此人謂《歸藏》為偽書，世遂以為伏羲無書，僅畫八卦。章氏學誠説：『大橈未造甲子以前，羲農即以卦畫爲憲象。』（《文史通義・易教中》）證以《易大傳》『古者庖犧氏之王天下也，仰則觀象與天，俯則觀法與地，觀鳥獸之文與地之畫，近取諸身，遠取諸物，於是始作八卦以通神明之德，以系萬物之情。』度其政教之意，必悉寓乎其中。故《歸藏》得……特其書不傳，傳之非其真。故末由知之耳。余謂大傳庖犧氏一節，即伏羲文學之所在。至於僞歸藏，固不可取以爲訓。其他十言之教，較諸八卦更爲詳明，《左傳・定公四年》疏引易云：『伏羲作十言之教（古人一字謂之一言），即乾坤震巽坎離艮兑消息（陽生爲息，陰死爲消）。蓋伏羲之意，以八卦藉消息而明，故於八卦下出消息二字，合爲十言。然首乾，與歸藏首坤不同，則又似二書矣。

# 第四章　神農之文學

中國富於實業知識者，首推神農。上古科學未明，惟以農業爲本務。神農知治國莫要于重農，所謂國以民爲本、民以食爲天也。其播種樹藝之法，當有專書，惜不傳耳。《本草》傳自神農，則嘗藥所得。其關於植物者，罔不究心，不獨醫學一端，有裨民生疾苦已也。許行生戰國時，欲提倡農學，乃爲神農文以干滕文。未必非救國良策。其説之不可行者，在『賢者與民並耕而食』一語。至於重農，則不違農時，不奪民時，深耕易耨，易其田疇，亦以富民爲本也。後世農家，託指神農遺教諸言，或可得之一二亦未可知。因念《爾雅》之《釋草》、《書》之《無逸》、《詩》之《豳風》、《大戴記》之《夏小正》、《小戴記》之《月令》、《管子》之《牧民篇》、《呂氏春秋》之《任地篇》，何莫非神農遺意。故神農野老之書，雖難徵信，而其學說，實垂中國四千年來，未之或絕也。況《連山》出於神農，又必為其學術精義之所存。《易大傳》教民耒耜一節，其政教□可想見也。以後世所出之書考之，《六韜》載其禁文曰：『春夏之所生，不傷不害。』惟《六韜》尚言其為偽書者，至於《管子》，則信而有徵矣。《揆度篇》云：『一穀不登，減一穀，穀之法十倍。二穀不登，減二穀，穀之法再十倍。』此則神農文字之一端也。《班志·藝文》，亦所敘錄，有《神農兵法》一篇（兵家）、《神農大幽五行》二十七篇（五行家）、《神農教田相土耕種》十四篇（雜占家），在班氏當時，必有所本，惜班氏刪劉歆《輯略》（師古曰：『《輯略》謂諸書之總要。』章氏學誠謂：『劉氏討論羣書之旨，此最為明道之要，惜乎其文不傳』），後人無由考證乎。

# 後記

《中國文學史》是先祖來裕恂先生遺著之一種。

來裕恂先生（一八七三—一九六二）字雨生，號匏園。少肄業於杭州詁經精舍，受業於國學大師俞樾，先後在宗文書院及求是書院任教職。二十世紀初受新思潮影響，游學於日本弘文書院師範科，並應聘主横濱同盟會主辦之中華學校教務。回國後參加光復會，在鄉里勸學。辛亥革命後，潵屣榮華，從事教育與著述。建國後先後當選爲蕭山政協常委和人大代表，並任浙江省文史研究館館員以終。平生著述甚富：正式刊行的有《漢文典》（光緒三十二年商務印書館印行，一九九三年南開大學出版社注釋本）、《匏園詩集》（民國十三年家印本，一九九六年天津古籍出版社排印本）、及《蕭山縣志稿》（一九九一年天津古籍出版社排印本）等三種。内部印本有《杭州玉皇山志》（一九八五年杭州圖書館石印本）、《匏園詩集續編》（二〇〇八年由杭州濱江區社發局印行）。其待梓者尚有《易經通論》、《春秋通義》、《中國通史》、《蕭山人物志》、《姓氏源流考》、《匏園駢體文》及《匏園隨筆》等多種。

未梓諸稿，原藏於家。上世紀六十年代初，先祖以高年辭世，先父與我遠居北地，未能及時親視，先祖遺物遂爲宵小乘隙盗賣，諸稿亦在劫中。後輾轉古舊書肆，多種幸有公共圖書館及藏書家搜求入藏，如《匏園詩集續編》及《易學通論》等入藏杭州圖書館，《中國文學史稿》入藏中山圖書館，而《匏園隨筆》上册則入藏紹興方氏。八十年代中期，應我的請求，杭州圖書館館長褚樹青以《匏園詩集續編》及《易學通論》複印本相贈。中山圖書館段曉春先生以《中國文學史稿》複印本相贈。嗚呼！小子何幸，先人遺著復獲藏於家，而爲弘揚祖德，乃極謀正式出版，以俾後學，不意又多受挫折。直至二〇〇五年，《中國文學史稿》方獲蕭山方志辦沈迪雲主任慨允所請，特邀長河高級中學族人來小欽老師整理影印面世。次年《易學通論》又蒙廣東人民出版社盧家明編審推薦，得正式出版機會，而二〇〇七年春，《匏園詩集續編》稿在杭州濱江區社會發展局丁幼芳局長的關注下，經吴雲等老師九個月的辛勞，整理編定，於二〇〇八年春，由社會發展局出版發行。裝幀規制，一仍正編。與正編合爲全璧。二〇〇八年三月，紹興方氏復以《匏園隨筆》上册複印件相贈，至此先祖主要遺著多已問世或藏於家，我心粗安，而猶念念不忘於正式出版。

二〇〇七年五月十九日，我神交近二十年之舊識　岳麓書社社長曾君主陶因公赴京，特轉道來津，在寒舍歡晤，並贈我珍籍數種。我亦回贈拙著多種及先祖《中國文學史稿》掃描本一册。言談間話及先祖《中國文學史稿》之初撰年代一九〇七年正當中國新撰文學史之第一次高潮。迄今已届百年之期。而主陶於頗有意于此稿，面邀由岳麓正式出版。主陶回湘不數日，即惠寄合同，約定由我邀人整理編次後交稿，一年内出書，聞訊欣喜不已，經再三思考，終於選定小友王振良君擔整理編次之任。王君振良南開大學中文系畢業，任職《今晚報》要聞版，專心從事中國文學史研究多年，二〇〇二年夏，王君獲悉家藏先祖遺著《中國文學史稿》複印稿，乃來舍求借，匝月送還，並寫《一部塵封百年的中國文學史》一文，以介紹《中國文學史稿》之大略。王君能通讀全稿，寫出中肯全面的評價，令我感動，二〇〇五年故鄉蕭山區史志辦爲此稿出掃描影印本時，我即撮要此文寫入卷首説明中，以代導讀。

二〇〇八年三月，全稿整理完成，又邀山東夏津原志辦主任潘友林君校核，並誠請著名學者陳平原教授撰序冠於卷首。旋即封寄主陶，主陶囑我寫一後記，以明整理出版始末，因述其原委，略贅數言，並借此向歷年有關友好所給予之關注，致以真摯的感謝！

二〇〇八年五月上旬長孫新夏寫於南開大學邃谷